共和国的历程

蛟龙出海

厦门战役

刘于才 编写

蓝天出版社　吉林出版集团有限责任公司

图书在版编目（CIP）数据

蛟龙出海：厦门战役 / 刘干才编写.
—北京：蓝天出版社，2014. 1（2023.3重印）
（共和国的历程）
ISBN 978-7-5094-1059-2

Ⅰ．①蛟… Ⅱ．①刘… Ⅲ．①革命故事－作品集－中国－当代 Ⅳ．
①I247．8

中国版本图书馆 CIP 数据核字（2013）第 305442 号

蛟龙出海——厦门战役

编　　写：刘干才
策　　划：金永吉　荆忠峰
责任编辑：祖　航　梅广才
出版发行：蓝天出版社　吉林出版集团有限责任公司
地　　址：北京市复兴路 14 号
邮　　编：100843
电　　话：010—66983715
经　　销：全国新华书店
印　　刷：北京柏玉景印刷制品有限公司
开　　本：710mm×1000mm　1/16
字　　数：69 千
印　　张：8
版　　次：2014 年 4 月第 1 版
印　　次：2023 年 3 月第 3 次
定　　价：29.80 元

前　言

　　中华人民共和国自1949年10月1日成立以来，已走过了六十多年的风雨历程。历史是一面镜子，我们可以从多视角、多侧面对其进行解读。然而有一点是可以肯定的，那就是，半个多世纪以来，在中国共产党的领导下，中国的政治、经济、军事、外交、文化、教育、科技、社会、民生等领域，都发生了深刻的变化，中国人民站起来了，中华民族已屹立于世界民族之林。

　　这段时间放到整个历史长河中是短暂的，有如弹指一挥间，但它带给中国的却是极不平凡的。六十多年里神州大地经历了沧桑巨变。从开国大典到60年国庆盛典，从经济战线上的三大战役到经济总量居世界前列，从对农业、手工业、资本主义工商业的三大改造到社会主义市场经济体制的基本确立，从宜将剩勇追穷寇到建立了强大的国防军，从废除一切不平等条约到独立自主的和平外交政策，从"双百"方针到体制改革后的文化事业欣欣向荣，从扫除文盲到实施科教兴国战略建设新型国家，从翻身解放到实现小康社会，凡此种种，中国人民在每个领域无不留下发展的足迹，写就不朽的诗篇。

　　六十几年在历史的长河中犹如沧海一粟，但对身处其间的个人却是并非无足轻重的。其间究竟发生了些什么，怎样发生的，过程怎样，结果如何，非人人都清楚知道的。对此，亲身经历者或可鲜活如昨，但对后来者却可能只是一个概念，对某段历史的记忆影像或不存在或是模糊的。基于此，为了让年轻人，特别是青少年永远铭记共和国这段不朽的历史，我们推出了这套《共和国的历程》。

《共和国的历程》虽为故事形式，但与戏说无关，我们是想借助通俗、富于感染力的文字记录这段历史。这套丛书汇集了在共和国历史上具有深刻影响的重大历史事件。在丛书的谋篇布局上，我们尽量选取各个时代具有代表性的或深具普遍意义的若干事件加以叙述，使其能反映共和国发展的全景和脉络。为了使题目的设置不至于因大而空，我们着眼于每一重大历史事件的缘起、过程、结局、时间、地点、人物等，抓住点滴和些许小事，力求通透。

历史是复杂的，事态的发展因素也是多方面的。由于叙述者的视角、文化构成不同，对事件的认知或有不足，但这不会影响我们对整个历史事件的判断和思考，至于它能否清晰地表达出我们编辑这套书的本意，那只能交给读者去评判了。

这套丛书可谓是一部书写红色记忆的读物，它对于了解共和国的历史、中国共产党的英明领导和中国人民的伟大实践都是不可或缺的。同时，这套丛书又是一套普及性读物，既针对重点阅读人群，也适宜在全民中推广。相信它必将在我国开展的全民阅读活动中发挥大的作用，成为装备中小学图书馆、农家书屋、社区书屋、机关及企事业单位职工图书室、连队图书室等的重点选择对象。

编　者
2014 年 1 月

一、 肃清外围残敌

●第三野战军第十兵团在泉州召开作战会议，大家提出"金厦同取"、"先厦后金"和"先金后厦"三种方案。

●在水深的地方，侦察员事先在两头打好木桩，拉上电话线和绳索，个子小的就扶着绳子渡海。

●国民党守敌防御全线崩溃，有的向东海岸逃跑，有的乱作一团，纷纷缴枪投降。

毛泽东下令 "提早入闽"

1949 年 1 月，中共中央在《目前形势和党在 1949 年的任务》中提出：

> 1949 年夏秋冬三季，我们应当争取占领湘、鄂、赣、苏、皖、浙、闽、陕、甘等九省的大部，其中有些省则是全部。

文件明确指出，这年冬季先相机占领与浙江毗邻的闽北一些地区，到明年再解放全福建。

5 月 22 日，淞沪战役激战正酣、胜负几成定局之际，三野副司令员粟裕和参谋长张震致电中央军委：

> 依据蒋匪整个局势观察，已全线溃退，福建守敌不多。遵照军委予四野相机进入粤桂任务，如此我入闽部队是否可能提早，应准备何时出动，以便淞沪战后进行准备，调整部署。

看到战争进程一天天加快，运筹帷幄的毛泽东早已在考虑这个问题了，翌日便以中央军委的名义电告总前委及粟裕、张震：

你们应当迅速准备提前入闽，争取于六、七两月内，占领福州、泉州、漳州及其他要点，并准备相机夺取厦门。入闽部队待上海解决，即可出动。

考虑到美国在最后时刻仍可能出兵干涉，毛泽东遂又指示刘伯承：目前二野的主要任务是准备协助三野对付可能的美国军事干涉，待青岛、福州等地解决了再行西进。

华东局常委、组织部长张鼎丞和十兵团司令员叶飞领受任务后，立即开始了入闽的准备工作。几天后，他们双双出席了华东局和三野在上海国际饭店召开的军队师长、政委以上，地方地委书记、专员以上的高级干部会议。

会上，三野代司令员粟裕传达了中央军委《关于向全国进军的部署》的电示，正式宣布中央"提早入闽"的决定。

肃清外围残敌

十兵团召开作战会议

1949 年，解放军第三野战军第十兵团根据毛泽东"提早入闽"的战略部署，浩浩荡荡挺进福建。9 月 26 日，十兵团在泉州召开作战会议。

在会上，大家提出"金厦同取"、"先厦后金"和"先金后厦"三种方案，并且各自都有自己的充分理由，一时难以作最后决定。

因为金厦一般是并称，金门、厦门唇齿相依，联系密切，扼守台湾与大陆海上交通要冲，紧紧护卫着闽南大陆，是东南海防要地。

对这三种方案，与会人员进行了认真的分析："金厦并取"可以造成国民党指挥及兵力火力的分散，使其顾此失彼，可求全歼。但征集船只问题一时难以解决。"先金后厦"可以形成对厦门的完全包围，暴露厦门的侧背防御弱点，便于乘隙攻击。问题是厦门国民党军已有逃跑迹象，先攻金门，厦门的国民党军就有可能逃走，不能全歼。"先厦后金"当面敌情清楚，距离近，便于准备，攻击易于奏效。但是，一旦厦门攻下，金门的国民党军可能逃跑，不可能全歼敌军。经过反复的讨论研究，大家一致认为，国民党军在拼命做负隅顽抗的准备，但我方已经明显感到他们惶恐不安的畏惧心理。

从观察到的情况来看，汤恩伯部后方和厦门补给司令部移到小金门，巡防处也从厦门移到了金门总部，军级以上指挥机关移至军舰上办公。另外，从敌人技术兵团等撤往台湾等各种迹象来看，汤恩伯已经失去了死守厦门的决心，因为他也清楚当时的形势。因此，我军应趁敌军士气低落之际迅速攻击，同时攻下金、厦。

1949 年 9 月 26 日经过大家再三分析，当即作出如下决定：

> 由二十八军担任攻取金门，二十九军和三十一军两军担任攻取厦门的任务。

到了 10 月，十兵团发现，二十九军只征集到三个团用的船只，三十一军也只征集到三个多团用的船只，而二十八军只征集到了一个团用的船只！看来计划无法完成。

兵团领导只好改变原定方案，先攻取厦门，而后攻击金门。并于 10 月 7 日，十兵团把这个临时改变的作战计划上报三野司令部。

三野首长对十兵团作出如下指示：

> 如考虑条件比较成熟的话，则可同时发起攻击，否则是否以一部兵力（主要加强炮火封锁敌船阻援与截逃）牵制金门之敌，此案比较

肃清外围残敌

妥当……请你们依实情办理，自行决定之。

十兵团根据三野的指示作出决定：

先渡海攻取厦门。以三十一军及二十九军攻取厦门，以二十八军攻取大、小嶝岛，并做攻金门的准备，待攻占厦门后，再打金门。

当时，国民党东南军政长官公署厦门分署主任汤恩伯的第八、二十二兵团防守厦门、金门两岛及漳州地区，另外位于潮州地区的敌十二兵团也听命于汤恩伯。他命令六十八军及九十六军残部、五十五军一部驻守漳州及厦门外围地区。

厦门是东南重要的港口城市，其军事地位很重要，是国民党军重点设防的岛屿。厦门岛的北岸、西岸离大陆很近，利于炮火支援，很多滩岸可以进行登陆。半岛北部地势较为平坦，交通便利，半岛南部多山。

厦门岛的西南是鼓浪屿，面积只有 1.09 平方公里，距厦门岛大概有 700 多米，距大陆最近处约 1000 米。四周多为礁石陡壁，能登陆地段较少，是厦门的天然屏障，历来都有军队驻守。

当时，蒋介石严令汤恩伯死守厦门，想把这里作为反攻大陆的基地，因此十分重视这里的防守。

在厦门岛，过去日本人构筑的防御工事非常隐蔽，很善于伪装，防御工事往往与海礁、岩石结合在一起，也与海礁、岩石的颜色差不多，因此不易观察，非到近处才能发现。汤恩伯妄图依据险要负隅顽抗，决心在这里与解放军进行最后一搏。

解放军还从来没有攻打过如此设防的岛屿，而且这里靠近台湾省，利于敌人的飞机作战，解放军却没有空军掩护。

解放军完全没有渡海作战的经验，问题很多，战役的难度确实难以想象。渡海登陆，特别是对于战船的需要非常迫切，可是在当时的情况下，要征集到那么多的战船十分困难。

十兵团的二十八军征集到一些船，但在平潭岛被吹散了大部分，只好在泉州湾继续搜集补充。二十九军也在泉州湾开始征集船只。三十一军则在九龙江征集。

但部队征集到的大多数是河里面行驶的船，这些船渡海是很危险的，行动也不方便。

肃清外围残敌

准备攻取大、小嶝岛

根据十兵团的作战部署，二十八军的任务是首先攻取大、小嶝岛，扫除厦门外围障碍，待二十九军攻占厦门后，再率军攻取金门。

厦门战役开始筹备的时候，二十八军二五九团还在同安县东莲河一线，担任水头以西海面警戒。后来根据二十八军的命令，二五九团又奉命在二五一团一个加强营配合下，担任主攻大嶝岛的任务，为兵团主力进攻厦门、金门扫除障碍。

大嶝岛面积约有 9 平方公里，西面与厦门隔海相望，北与大陆的同安沿海相隔约两公里，南面同大、小金门距离约 10 公里，是金门防卫的屏障，也是从大陆攻击金门的跳板。

大嶝岛东西长、南北窄，呈倒三角形。西北部为平坦的盐田，东南部为丘陵地。与大陆相隔的海湾水不是很深，涨潮时要坐船，退潮时水浅处只到人腰部，水深处不过胸部以上，可以涉渡，但水底部是烂泥，行走十分困难。每日涨落潮两次，落潮距下次涨潮约三小时。

二五九团接受主攻大嶝岛的任务后，团领导觉得自己的部队虽然过去身经百战，但渡海作战却是第一次，对于能否取得成功，他们没有十足的把握。

但他们决心尽全力去完成这个艰巨的任务，因为没有什么可以阻挡他们前进的脚步，他们有信心，不会轻易放弃的。因为不剿灭岛上的敌人，攻占厦门和金门的计划就会推迟，所以他们只能前进，不能后退。

因此，团长曹国平、政委李峰、副政委方征、副参谋长陈博对攻占大嶝岛应采取什么战术手段，是靠渡船强攻还是其他方法，进行了反复商讨，最后一致认为，加强侦察手段，尽快摸清敌情、水情，开展军事民主，大家都来讨论作战方案。

就这样，一大批敏捷的解放军侦察战士，趁着黑夜渡海到大嶝去搜集敌情和水情。

同时，解放军侦察战士又广泛地向当地渔民作调查。附近的渔民们说，从岸边到大嶝岛约9公里，退潮以后可以涉水过去。

虽然在退潮后可以渡海，但必须渡过5条港汊，最深的地方高个子到头颈，小个子甚至露不出头来。

另据侦察员调查，大嶝岛上守敌是国民党第二十二兵团二十五军四〇师一一八团和一一九团一、二营，其一一八团是由国民党空军机场守卫部队改编的加强团，都是老兵，大部分是河南人。

这些守卫部队都是美式装备，训练较好，反应能力也很快，曾警卫过南京机场。其敌一一九团是由保安大队性质的地方武装编成的，大都是福建人。敌四〇师指挥部设在大嶝岛东南角的阳塘。

二五九团团长曹国平、副政委方征和营连干部商量后认为，如果乘船强攻，必然一开始就暴露在敌人面前，会受到敌人各种火力的压制。

即使强攻登陆成功，也会因伤亡过大而无力向纵深地带挺进。所以，最好是涉水偷袭，出其不意，攻其不备，才能以少胜多，消灭全岛守军。

为了麻痹守岛敌军，以利于偷袭，解放军要求沿岸渔民每天照常在海边捕鱼，炮兵也于每天傍晚向岛上开炮，使守军逐步习以为常，助长其麻痹思想。

他们的方案报请师、军领导批准后，团里马上组织干部、战士学习，进行攻打地堡及爆破障碍物的演习。

同时，征集大量船只，这样做是为了给敌人造成乘船渡海进攻的假象，来迷惑他们。另外就是准备必要时乘船强攻，迅速攻占大嶝岛。

登上大嶝岛

二十八军二五九团部署好之后，就秘密出发了。他们的任务就是剿灭大嶝岛上的敌人，然后抢占该岛，为三野十兵团发动厦门战役和金门战役扫清障碍。

1949 年 10 月 9 日，天空下着淅淅沥沥的小雨，大嶝岛上弥漫着浓浓的雾气，二五九团下午 6 时 30 分开始向海边开进，7 时 30 分到达海边。

此时正是海水退潮的时候，部队立即下水渡海。

在水深的地方，侦察员事先在两头打好木桩，中间拉上电话线和绳索，以便于个子小的战士扶着绳子，不至于在渡海时跌到水里。

在渡海的时候，二五九团以班为单位把子弹、手榴弹、小包炸药放在木盆里推过去。士兵们都把枪举到头顶上，以防沾水。

尽管如此谨慎小心，但多数战士由于个子矮、波涛汹涌和脚下站不稳而跌进海水里，很大一部分弹药被海水浸湿而不能使用。

然而，这些困难并没有阻止解放军前进。二五九团登陆后，只用了 10 分钟的时间，就剿灭了岸边守卫的敌人。二五九团一营在西，二营在东，三营在中间，分头向纵深猛插。计划在敌四〇师师部所在地阳塘会合。

没多久，勇敢的一营就占领了大嶝岛的西南部，与在此登陆的二五一团一营会合；二营也占领了岛东部；三营则攻占了岛中央的小高地，形成钳击阳塘之势。

国民党守军见此情形，心理防线崩溃了，完全处于被动挨打的局面，没有了反击的能力。

眼看解放军就要渡海成功，但没有想到的是，就在这关键时刻，意外的情况发生了，国民党十二兵团来了。

曾经显赫一时的十二兵团在淮海战役中被解放军全歼于双堆集，副司令胡琏身负重伤，侥幸逃生。

胡琏伤愈后受蒋介石之命重建十二兵团，新的十二兵团下辖十八军、十九军和六十七军，驻广东汕头，归国民党广东省主席薛岳指挥。

9 月间，浙江舟山群岛，福建漳州、厦门、金门和广东广州同时告急。广州的李宗仁、薛岳要调十二兵团到粤北保卫广州，而在台北的东南军政长官陈诚则认为十二兵团应用于增援舟山群岛和金、厦地区。

扫清厦门外围敌军

1949 年 10 月 9 日,国民党第十八军军长高魁元率领十一师、一一八师两万余人从汕头抵达福建海域。

而在这个时候,大嶝岛上的国民党四〇师师长范麟正拼命呼救,驻厦门的汤恩伯遂电令正在海上的高魁元开赴大嶝岛参战。三十一团乘船绕过大、小金门之间的水道,于 10 日晨 6 时开始在大嶝岛登陆。

国民党的三十一团与四〇师残部在阳塘会合后立刻向解放军发起猛烈的反击,夺回部分阵地,甚至一度威胁到二五九团的团部,但不久就被解放军击退。

战役持续到 10 日中午,解放军登岛部队由于潮水上涨而与后方失去了联系,无法及时得到增援,处境十分危险。解放军自身携带的弹药也快用完了,仅有的一门半迫击炮(一门整炮和一个炮身),只有三发炮弹了,他们只好在岛上四处搜寻守军的弹药。战局陷于僵持阶段。这样拖下去显然对解放军极为不利。

面对这种情况,二五九团领导估计国民党守军将于黄昏发动总攻,目前之所以不敢进攻,一方面是想等更多的援军到来,另一方面打算撤退,总之是信心不足。因此,我军应趁敌动摇之机发起攻击。鉴于解放军火力、弹药不足,只有采取出其不意的战术才能战胜敌人。

肃清外围残敌

整个下午，解放军分成三五个人的小组，隐蔽接近守军阵地，在国民党守军的眼皮底下构筑工事。国民党守军以为解放军正在准备夜间攻击，变得很忧虑。

傍晚时分，二五九团仅有三发炮弹的迫击炮开始射击。第一发炮弹打到敌四〇师指挥部附近，第二发打到战场制高点416高地，第三发打到阳塘和416高地之间。

国民党守军以为这是解放军炮兵在进行试射，马上开始炮火准备，于是营地大乱。

解放军在炮击的同时，各战斗小组纷纷发起了冲锋，敌四〇师师长范麟和三十一团团长陈以惠惶恐的心彻底崩溃了，再也没有信心和解放军对抗了。

国民党守敌开始向东海岸逃跑，想趁夜间退潮时涉水逃往小嶝岛。敌人防御全线崩溃，在解放军的穷追猛打下乱作一团，纷纷缴枪投降。

双方打到深夜，大嶝岛被解放军完全占领，国民党守军三个团长被打死，淹死1000多人，俘虏1000多人。

国民党四〇师师长范麟、三十一团长陈以惠率残部数百人趁夜间落潮涉水撤到了小嶝岛，然后又马不停蹄地撤到了角屿，后又撤到金门整补去了。

10月11日晚，二五一团一部又由大嶝岛出发，趁落潮时攻占了小嶝岛，歼灭四〇师——九团三营。

至此，厦门外围之敌全部扫清。此役为发动厦门和金门战役做好了准备。

二、 做好渡海准备

● 战士们的《夜练船歌》唱道："明月高照影
儿长，大家上船练划桨。水声响，船儿荡，
同志们，齐用力，划呀划呀划呀划，练好本
领，厦门得解放，得解放。"

● 起船时，几十人甚至上百人拉的拉，推的
推，将船从圆木上拖到陆地，再抬上汽车、
马车。

● 两个人在海水里挣扎着，胡维志喝了很多的
海水，游不动了，张文升就架着他继续向
前游。

十兵团展开积极行动

解放军展开积极行动的时候，在厦门，汤恩伯还做着他的黄粱美梦，他狂妄地宣称：厦门固若金汤，解放军在三五年内是攻不下的。

蒋介石让汤恩伯死守厦门岛的战略意义，汤恩伯心里很清楚，所以他加强对厦门的统治和防御。汤恩伯杀人如麻，罪恶深重，在老百姓看来他就是一个十恶不赦的"汤屠夫"。

汤恩伯曾亲笔写下清代胡林翼的两句话作为自己的座右铭：

要有菩萨心肠，要有屠夫手段。

汤恩伯自大地认为，自古掌握大权的英雄豪杰，必须残杀立威。国民党特务毛森也素有"杀人魔王"之称。这两大屠夫"聚会"厦门，狼狈为奸，不知道会做出什么伤天害理的事情。

在短短的几个月时间里，国民党在厦门就连续进行了五次大搜捕，40 余名共产党员、革命群众被捕，其中20 余人被枪杀、绞死、活埋。其手段极为残忍，令人发指。

汤恩伯还下令国民党官兵可以随时进入民屋实行"突击检查"，搞得市区里鸡犬不宁，人心惶惶。厦门的市民，已有大半逃离，城市由此陷入白色恐怖中。

汤恩伯之所以这样疯狂，敢于明目张胆地杀人放火，是因为在他的手中还有 3 万多的国民党军队，其军队如下：

刘汝明第八兵团五十五军七十四师、一八一师、二十九师及从漳州溃败而来的刘汝明第八兵团六十八军残部；李良荣第二十二兵团第五军第一六六师。

此外，尚有工兵二〇团 10 个营、宪兵三团、空军独立工兵营、厦门要塞总队、一个战车营。

如何利用这些部队进行负隅顽抗，汤恩伯心中有自己的想法。他很清楚，厦门岛不大，长 13 公里，宽 11 公里，面积仅有 128 平方公里。

厦门的东西两面有钟宅湾和员当港两个天然海湾向岛内深入，厦门岛便被分割成南北两半。厦门岛东南多山，沿岸多海滩和断崖，北半岛为丘陵，地势开阔，沿海多淤泥和峭壁，是个易守难攻的地方。

据历史记载，在 1841 年英军进犯厦门，从沙坡尾一线登陆；1938 年，日军侵占厦门，是从五通道、浦口一线登陆的，所以岛北面是薄弱的环节。

因此，为了抗击解放军攻岛，汤恩伯将厦门岛的防御重点放在了岛北半部。他的部署如下：

刘汝明第八兵团五十五军的两个师放置于厦门岛的

做好渡海准备

北半部进行防守。其中，建制完整、齐装满员的七十四师守备厦门西北部的东渡、石湖山、高崎、钟宅、江头一带；一八一师守备厦门东北部的坂美、五通道、何厝、洪山炳一带。五十五军指挥部设于厦门岛中部的金鸡亭。

另外，汤恩伯命令原李良荣指挥的第二十二兵团第五军第一六六师和刘汝明第八兵团六十八军残部防守厦门岛东南部的石胄头、胡里山地区；二十九师一个团及工兵二〇团10个营、宪兵三团、空军独立工兵营、厦门要塞总队、一个战车营守备厦门市区；二十九师第八十五团、八十六团防守鼓浪屿。

另外在阵地编成上，汤恩伯分设了前沿阵地、主抗阵地、纵深核心阵地。这些阵地内的工事大部分为钢筋水泥结构。

在前沿阵地上，汤恩伯还设置了雷区、铁丝网、外壕，构成要塞环形防御体系。让汤恩伯感到最有恃无恐的地方，是大海和滩涂这个易守难攻的天然障碍。

在厦门岛的近岸滩头，分布着纵横交错的海沟，国民党军利用天然海沟修筑起多道堤坝，并有水闸相连，形成了完整的水网地带。

在海沟之间，是一片非常难走的泥滩，相当于沼泽地，一旦陷进去，就会没过大腿，再也无法行走。而且滩涂上布满海蛎壳，就仿佛是一把把锋利的尖刀，脚只要踩在上面，顿时就会鲜血直流。

此外，在滩涂地带有两道铁丝网及诸多地雷、碉堡、大炮、探照灯设置在那里。即便这些危险的地方能够躲过去，但还有一道悬崖绝壁挡住去路。正因为这样，国民党兵才说海岸滩头是解放军的"死亡地带"。

更让汤恩伯放心的是，他手里握有反登陆必备的制海权与制空权——在金门料罗湾、厦鼓水道停泊着四五艘美式大型军舰，五六艘小型军舰，厦门北部高崎机场上，几架军用战机停放在那里。

但令汤恩伯感到忧虑的是，他的对手叶飞就在对岸。在敌人感到高枕无忧的时候，叶飞率领的十兵团已经展开了积极的行动，做好了攻占厦门的准备。

做好渡海准备

十兵团备船准备作战

当时，在叶飞与汤恩伯之间，隔着一湾汹涌澎湃的大海，两个曾经的对手又将相遇了。

汤恩伯被迫退到厦门的时候，就颇有"远见"地拉走了对岸沿海所有的机动船和木帆船，来不及带走的便就地烧毁了。他觉得，如果没有船，没有飞机，解放军就没什么可怕的，厦门也就无法被攻占了。

汤恩伯在为自己占据有利的地形自鸣得意的时候，却没有想到，解放军十兵团在中共厦门地下党组织和龙溪、晋江革命群众以及青年学生的大力支援下，在漳州、同安、南安、晋江沿海一带，征集到了 600 余只木船，另有 1600 余名船工参与造船。

尽管征集到的船只大多是在浅海近海航行的小木船，而且多为小舢板，有的还是在内河中用的没有风帆必须通过人力才可以行驶的平底小木船，而且承载不了多少人，一只船最多只能坐一个班的兵力。但是，只要有了船只，就可以渡海攻占厦门，把敌人消灭掉。

虽然解决了船的问题，但十兵团的战士大多生长在北方的内陆地区，很多人没坐过船，对大海、对乘船会产生恐惧感。当时有很多战士，一坐上船就浑身难受，呕吐不止。

但是不管前面的道路有多么艰难，十兵团都不会退缩，为了完成渡海任务，他们做了积极的努力。

早在1949年9月的时候，战士们就进行了渡海训练。

当时，解放军十兵团在漳州以东、九龙江沿岸以及集美、刘五店等海域进行了为期20天的渡海作战大演习，让战士们熟悉了渡海作战的方法。

为此，二十九军八十五师文工队的战士们还写了一首《夜练船歌》。歌词如下：

> 明月高照影儿长，
> 大家上船练划桨。
> 水声响，船儿荡，
> 同志们，齐用力，
> 划呀划呀划呀划，
> 练好本领，厦门得解放，得解放。

正在解放军战士进行渡海演习的时候，到了10月1日，伟大领袖毛主席在天安门城楼上向全世界宣布：

> 中华人民共和国中央人民政府今天成立了！

练兵场上顿时沸腾了，十兵团的战士们高喊着口号：

> 中国共产党万岁！

做好渡海准备

毛主席万岁！

中华人民共和国万岁！

他们热泪盈眶，纷纷下定决心要解放厦门，给新中国献上一份厚礼。

十兵团的战士为了让演习达到逼真的效果，他们在晚上加紧演练。

演练的主要内容是熟悉海情、划桨掌舵、起帆航行、保持编队、通信联络、海上射击、抵滩下船、徒涉海滩、破除障碍、攀登陡岸、突击上陆等一整套的战术战斗动作。在白天的时候，各部队则设置沙盘，研究战术，进行广泛的讨论。

他们还巧妙地选择了与厦门岛登陆地段类似的海域，进行了模拟登陆。这样的方法让战士们身临其境，掌握了很多东西，也锻炼和提高了渡海作战的心理素质。

另外，为了保障渡海成功，战士们对船只进行了细致的检查和整修。

当时，各个连队都购置了一些木材、苎麻、油漆、石灰、铁钉等材料和斧锯刨凿等工具，战士们自己做起了维修工。

这个时候，从漳州、石码等地赶来了一批支援造船的工人，他们彻夜加班修理、配制，很快，木船上就扯起了风帆，还准备了船桨、桨砧、麻箍等渡海器材。在石码镇，部队战士更具创造性，他们用汽车发动机改装了多只机动帆船。

　　同时，十兵团的战士们还制作了大量救生用的漂浮器材，很简单，却很实用。此外，战士们在漳州突发奇想，用大毛竹削皮制成竹"三脚架"，用薄木板钉制了"保险船"，用门板代替救生圈。有了这些准备，就多了战胜敌人的筹码和信心。

做好渡海准备

叶飞得到秘密情报

解放军战士加紧造船，被厦门岛上的敌人发现了，他们很恐慌。于是，汤恩伯命令飞机加强对十兵团营地的轰炸与扫射，目的就是要摧毁解放军渡海用的船只和器具。

当时，征集过来的船只，必须运输到部队营地。可是道路被敌人的飞机严密封锁，给运输带来了很大的麻烦和困难。

在这种情况下，十兵团的战士们突发奇想，创造了"陆上行舟"的好办法。

那时有 60 多只木船，需要从九龙江经陆路运往马銮湾。当地群众知道这个消息后，主动配合部队整修被敌人飞机炸毁的漳嵩公路。

有的群众还拿出了自家准备盖房用的圆木，垫在海滩上。起船时，几十人甚至上百人拉的拉，推的推，将船从圆木上拖到陆地，再抬上汽车、马车，或用好几架牛车连接起来承运，送往目的地。

有 13 艘木帆船，需转运到鼎尾新安（现属集美）。为了运输方便，十兵团组织战士修通了一条从石厝溪到鼎尾新安的简易公路。

但怎样把这些笨重的木船从石厝溪"驶"到鼎尾新

安呢？思虑之后，战士们决定用木头搭起架子，装上汽车轮子，人工抬船上岸后，装入架中。这样，木船便长出了四个轮子，三匹马一拉，运起来就方便多了。

国民党军侦察到解放军下如此大力气运输船只，开始慌了，向上级作了汇报。汤恩伯命令飞机更加疯狂地轰炸各个路口，阻止那些船只的输运。

在此后的一段时间里，厦门、集美、龙海上空，每天都盘旋着敌人的轰炸机，时而扔下炸弹，时而用机枪向地面疯狂地扫射。

面对敌人的疯狂轰炸，十兵团的战士们早就做好了准备。船只已分别在石美港、乌屿港以及苍龙、海沧一带掩蔽，所以敌人的飞机并没有炸到什么。

在十兵团即将发动厦门战役的时候，司令员叶飞又得到了一张厦门岛守敌兵力的火力配备图，这对渡海作战真是太有利了。这是中共厦门地下党组织冲破重重险阻，送出的最精确的敌军守备情报。

这张地图的获得，得益于和中共地下党有密切联系的原国民党第二十二兵团教导团上校副主任杨其精。

杨其精找到了张幼铣。张幼铣是厦门警备司令部参谋，善于绘图，与地下党联系密切。两个人密切合作，张幼铣绘图，杨其精作注解说明。这样，一份厦门守敌兵力、火力配备图很快就绘制出来了。

为了把这套军事配备图送到十兵团的手里，他们几经辗转才送到了泉州，最后转送到了第十兵团司令员叶飞的手中，惊险程度可想而知。

虽然得到了敌人的火力配备图，但厦门登陆场的地形到底是什么样子的，很多人并不太了解，这些问题始终困扰着司令员叶飞。

在这种情况下，集美、海澄等地的百姓，纷纷给解放军提供情报，告诉解放军大量的地形情况。这些群众把自己所知道的都告诉给了解放军，体现了军民互助才是解放军胜利的保障。

在嵩屿高地、鳌冠山头、集美海岸，一支"特殊部队"频频出没在那里，他们胸挂望远镜，想尽办法观察厦门岛的地形情况。这支"特殊部队"，就是十兵团时常组织的战斗部队首长观察队。各级指挥员都来到海岸边，在隐蔽处观察厦门岛地形和防御设施，明确集结上船的时间、航行路线和登陆地段。

当时八十五师二五三团的战士们还化装成当地渔民，在白天下海靠近厦门岛，侦察对岸的情况。

两战士渡海侦察

为了更清晰地侦察厦门岛上的国民党设防情况，十兵团的军、师侦察分队利用各种手段进行侦察。

1949 年 10 月 12 日晚，九十二师侦察连的胡维志和张文升两名战士接受了渡海侦察的任务。他们的任务是调查敌人在厦门岛塘岸一线设防工事和布下的铁丝网等具体情况。

两个人和潘参谋、杨副队长以及一名水手，趁着朦胧的月色，乘坐一条小船，秘密地驶向了厦门岛。

胡维志和张文升两人是从侦察队许多会游泳的战士中挑选出来的。胡维志今年才 19 岁，长得不是很高，感觉还是一个孩子。

胡维志是山东人，过惯了贫苦的生活，在很小的时候就随大人们在海上拉网捕鱼了，所以水性好，在海上没有他克服不了的困难。

张文升虽然没有航海的经历，但他从小在河边长大，身体很结实，也有一身超乎常人的水中本领。

平时，两个人在部队里表现得非常好。胡维志是副班长，曾立过两次三等功、三次四等功；张文升是侦察员，也立过两次四等功。在侦察队里，他们在战斗中所表现出的机智和勇敢令人佩服。

做好渡海准备

所以，如此坚强的意志和战斗力，比他们的游泳功夫更适合参加这次渡海侦察，他们也显得信心十足，已经做好了准备。

天色越来越黑，小船在海浪中慢慢地行驶着。胡维志根据海水的变化情况，对大家说道：

"快靠岸了，我们要做好准备。"

潘参谋把船桨放在水里量了量，果然触着了海滩，于是他们在约定了联络信号、时间及返回集合的地点后，就跳下船去，轻轻地向岸上靠近。

在漆黑的夜里，很难分辨道路，他们摸索着向前走了10多米之后，就走进了没过膝盖的淤泥滩里。

为了不让敌人发现，他们索性把全身上下都涂满了淤泥。

然后，他们又弯腰向前走了10多米，这时发现了第一道约两尺多高的小堤，这是渔民修起来捕鱼养蚌用的。过了小堤又爬过六七十米的泥滩，往前是第二道小堤，再往前30多米的地方是一道沟渠。

张文升走在最前面，刚开始的时候，海滩的水还不是很深，可走了一会儿海水淹没了他。在这两米多深的水中，胡维志摇动双臂游过去了，同时他心里暗想：部队登陆时，战士要携带武器、弹药和沉重的装备通过这里，肯定是很艰难的。

过了沟渠之后，张文升和胡维志又向前爬行侦察了70多米，看到了第三道小堤，小堤前面不远的地方，是一片模糊的灌木丛。很显然，他们已经靠近陆地了。

但是敌人设置在水里的铁丝网在什么地方，他们到现在还没有发现，是走过了，还是根本就没有呢？他们下定决心：一定要摸到它！

为了找到敌人的铁丝网，胡维志就让张文升在堤上等着，他一个人向前爬去寻找。

过了一阵还没有找着，胡维志又回来叫张文升两人分头去找。找了一圈，两个人还是没有发现铁丝网的影子。

胡维志又一个人去找了，他找啊找，突然发现一道像电线杆的东西，就迅速爬到跟前，果然是铁丝网！

胡维志伸手在灌木丛里折下一松枝条，弄清了这是一道单列桩上下四层的铁丝网。

在铁丝网的底下一层，人可以爬过去，但距这道铁丝网大约 10 米处，有敌人的地堡和其他的附防工事，看来敌人的防御真是处处小心。

胡维志游过来，激动地对张文升说：

"老张，我找到铁丝网了。工事也看清了，我们可以回去了。"

正当他们准备往回赶的时候，一道刺眼的光柱射向海面。胡维志和张文升就悄悄躲到小堤下隐蔽。当灯光熄灭之后，两个人就返回到了岸边，但却发现送他们上岸的船找不到了。他们想，可能怕被敌人发现，潘参谋他们就划着船去别的地方隐蔽了。而且此时，两个人已

做好渡海准备

经错过了在约定地点集合的时间了。

"我们该怎么办?"张文升问道。

"我们错过了时间,他们大概怕被敌人发觉就把船划到远处的海面去了吧!"

胡维志一边说,一边四处张望。忽然,他指着右前方对张文升说:

"你看,那是咱们的船吗?"

顺着胡维志所指的方向望去,张文升真的看见一个似船的黑影在海面上浮动。于是他们朝黑影的方向游去。游了200多米,才发现那不是船。

张文升说:"我看,还是等落了潮再走吧。"

胡维志忧虑地说:

"不行!我们留在这里很危险。那黑影不是船也是岛,不是岛也可能是块大礁石。我们一定要游到那里,即便被海水淹死,也不能成为敌人的俘虏。"

就这样,两个人又奋力向前游去。

潮水越来越大,海浪拍打着他们。

他们艰难地游了约两三千米,已经累得不行了,可他们依然坚持往前游,因为他们要把了解到的情况报告给十兵团指挥部。

风浪越来越大,两个人在海水里挣扎着。

胡维志喝了很多的海水,游不动了,张文升就架着他继续向前游。

胡维志让张文升一个人向前游,不要管他,向指挥部送报告要紧。他对张文升说：

"不要再管我了，只要你能游回去，攻占厦门就有希望了……"还没有说完，一个海浪就把他们淹没了。

张文升一面与海浪搏斗，一面寻找胡维志。

然而，再也找不到他的踪影了。

张文升默默地流下了眼泪，他心里想："胡维志牺牲了！我一定要坚持游到对岸，不然的话，我怎么对得起死去的战友啊！"

张文升又奋力向前游去，然而却被强大的海浪推到一块石头上。原来这个远看像只船的黑影就是名叫宝珠屿的小岛。

张文升爬上岛，突然发现一个黑影在蠕动，定睛再看，却是胡维志。他还活着！

胡维志也不知道自己怎么上岸的，他只觉得自己全身冰凉，手和脚都抽搐着，冻得不能动弹了。

张文升把胡维志拖进一个石洞里，胡维志一躺下就睡着了。

大约过了一个小时，天蒙蒙亮，张文升把胡维志叫醒，望着还有1000多米远的对岸，对他说：

"咱们已经游了三四公里了，我们已经离开危险地带了，前面就是我们的海岸了。"

他们回到了司令部，姚运良副军长特地从军指挥所赶来，他紧紧地握着胡维志和张文升的手说：

"你们是好样的，辛苦你们了！你们是真正的英雄，我一定会嘉奖你们的!"

到了 10 月 15 日,军里颁发了厦、鼓作战第一号嘉奖令,授予胡维志、张文升等"越海侦察英雄"的荣誉称号。

这时,解放军已经做好了发动厦门战役的准备。十兵团的战士急不可待地等候命令的下达。

三、 鼓浪屿登陆战

● 一会儿大浪压头，一会儿大风四起，顷刻间，缆绳拉断，桅杆打折，可战士们毫不退却，继续奋勇前进。

● 徐德俭冒着猛烈的炮火，手擎鲜艳的五星红旗，继续奋勇前冲。

● 三营教导员阮也平与大家一起宣誓："只要解放厦门岛，即使牺牲也甘心！"

制订作战方案

厦门战役是解放军第一次渡海登陆作战。当时正处于台风肆虐的季节，进攻的地方有敌人重兵防守，而且厦门岛有永久性工事，要想剿灭敌人，的确存在着一定难度。

事实上，岛的面积大些，还利于作战，岛小的话就没那么容易了。如果岛大，防御工事便难以集中，空隙就很多，很容易突破；倘若岛小，就很难攻破了，因为防卫严密，没有空隙。

那该如何攻占厦门岛呢？十兵团司令员叶飞为此苦思冥想。他对搜集到的情况进行了综合分析，判断敌人反击部队会集中在厦门岛腰部。

鉴于这种情况，叶飞觉得要想渡海登陆，必须先佯攻鼓浪屿，给敌人造成错觉，引诱敌人纵深机动部队南调援救。鼓浪屿是佯攻方向，另一方面，主攻方向应该放在厦门岛北部高崎。

这是调动敌人很重要的一步棋。这也是叶飞又一次采用鲁南突围时使用第十师首先东进以调动敌人向东，然后我主力突然向西突围的战法。当然，这是一步险棋，叶飞一生就用过两次。

十兵团很快拟定具体作战部署如下：

以三十一军的九十一师并以九十三师一个加强团，担任佯攻鼓浪屿任务；以二十九军八十五师、八十六师和三十一军九十二师，在集美我军强大炮兵群的火力支援下，从西、北、东北登船，采取多方向，在厦门北部高崎两侧15公里的正面登陆突破，夺取高崎滩头阵地和莲河、围头沿海阵地，监视金门国民党军，并以炮火压制金门，进行牵制。

　　10月15日，厦门战役首先从鼓浪屿开始，一场激烈的战斗拉开了序幕。

　　叶飞对鼓浪屿的地形非常熟悉：鼓浪屿地处九龙江出海口北侧，是以海拔92.74米的日光岩为最高点，由若干小山峰聚集而成的岩石岛屿，是厦门岛的近岸卫星岛，与嵩屿隔海东西相望，最近处仅有1000米，与厦门港码头隔着700米的航道。南北长约1750米，东西宽约1570米，环岛周长约7850米，面积仅有1.84平方公里，真可谓弹丸之地。地势南高北低，岛周边多礁石、陡壁，岛上树木茂密，建筑物不少，只有英雄山两侧和大德记是海滩，便于登陆的地段较少。

　　鼓浪屿虽属弹丸之地，但岛上怪石嶙峋、叠成洞壑，树木葱郁、四季常青，亭台楼阁、掩映错落，以"海上花园"的美名著称于中外。1840年鸦片战争之后，列强

鼓浪屿登陆战

争相在这里划租界、开洋行、建教堂、设领事馆，这里成了"万国租界"。

国民党军配置了五十五军第二十九师的八十五、八十六两个团的兵力，扼守这个厦门的"后花园"。敌军凭着多年防守据点的经验，把鼓浪屿的防御工事修筑得很完备，在日军筑堡的基础上，沿岛岸高潮线的岩滩和突出石崖脚筑有钢筋混凝土碉堡，在便于上岛的岸边筑起石围墙，并用空汽油桶加高 5 米以上，沿岸容易登陆地点架设有半屋脊形铁刺网和电网，在几个前沿制高点上配置了探照灯和直瞄炮火，不断向我岸照射和打炮。从高崎机场起飞的飞机和港内军舰也不断向我岸袭击和轰炸。全岛形成了以钢筋水泥碉堡为骨干，以支撑点为核心，以交通壕相连接的要塞式环形防御体系。

鼓浪屿是敌人厦门整体防御的重点部分，兵力密度大，平均每平方米接近三人，火力强，工事坚固，守军又是国民党几个部队里面战斗力最强的五十五军二十九师。但敌军高级将领在厦、鼓被围后，失去了信心，军以上指挥机关全部在军舰上遥控指挥，以免被俘。

敌军二十九师原为西北军部队，曹福林担任师长，长期追随刘汝明。解放军九十一师在半个月内两次面对二十九师，真是冤家路窄！

解放厦门的作战任务，9 月底便传达下来，三十一军担负厦门岛西北部登陆突破，协同二十九军从北部登陆后，攻歼厦门守敌的任务；九十一师担负攻击鼓浪屿的任务。

三十一军虽然在渡江战役中有过乘木帆船训练和渡江的经历，但因为是第二梯队，并无敌前登陆战斗的经验，而且渡江与渡海峡还有不同。士兵多是北方大汉，不习水性，但当时并没有引起师部的足够重视。

九十一师师长高锐作为一代儒将，多次组织观察地形。他站在嵩屿半岛东端高地上，把鼓浪屿西部一览无余：守敌在西南突出角的石崖下筑有水泥地堡，西北侧山坡不很陡，只看得到树木，看不到坚固的火力点。突出角南侧岛岸向东凹折，无法观察，但其火力对突出角以北并无威胁。从嵩屿东端到鼓浪屿西南突出角，直线距离不超过 1500 米，我军 57 反坦克炮及野炮可直接进行破坏性射击。

师指挥部经过研究决定，把登陆突破口选择在鼓浪屿西面突出角及以北地区。并拟定出如下部署：

最精锐的二七一团及二七二团第一营共四个营为第一梯队，担任主攻，从九龙江北岸海沧出发，出九龙江口，由鼓浪屿西南突出角以东地区突击登陆，攻占纵深制高点日光岩，尔后分割围歼守敌；二七三团为第二梯队，随二七一团之后加入战斗。二七二团为师预备队。归九十一师指挥的九十三师二七七团从九龙江南岸的沙坛出发，出江口向鼓浪屿西南突出角以东地段突击登陆，上岛后协同二七一团围歼守敌。师炮兵群是由配属之炮兵十四团的一个105毫米榴弹炮营、军炮兵团的一个山野炮营和师炮兵营的57反坦克炮连和迫击炮连组成的，共三十余门炮，部署于嵩屿半岛东端，师指挥部设嵩屿高地上。

这是九十一师的首次登陆作战，确认部署后，部队上下都围绕登陆作战新特点展开各项准备工作。

针对嵩屿战斗中的教训，领导们注重克服麻痹轻敌的思想，另一方面消除一些战士对渡海作战信心不足的思想负担。

部队紧张备战

正当部队进行紧张备战之时，10月1日，新中国成立的喜讯传到厦门前线，全体将士欢欣鼓舞，决心杀敌报国，为新中国贡献全部力量。

此时，为响应兵团关于创造"海岛英雄模范"称号的号召，九十一师掀起热潮，各团相继召开誓师大会，突击分队举行赠授国旗仪式，誓言把国旗插到鼓浪屿，迎接伟大的胜利。

作为主攻的二七一团，更是结合纪念军委授予"济南第二团"称号命名一周年的有利时机，广泛进行英雄主义教育。广大指战员士气高涨，随时准备奔赴战场，再建功勋。

九十一师由参谋处长赵凤伍负责在龙溪口石美成立"南台船管大队"，各团均成立船管中队，统一组织筹集船只。在短短半个月内便筹集了各种渔船、运输船100多只、200多名渔民，并分编成几个中队，每只船均由船工和原水手操作。部队还挑选部分人员分配到各船学习和协助操船。

随着船只的筹集和编组，部队开始装载和登陆战斗的训练。由于白天有敌人的飞机侦察、扫射、轰炸，船只只好隐蔽，因此，训练只能在夜间进行，而且只能在

鼓浪屿登陆战

江边进行，不能在类似预定登陆地段的地形上进行，也不能在海潮风浪条件下进行航行与登陆训练，因为这会对后来的登陆作战失去指导意义。

由于广大指战员对登陆战斗缺乏具体认识，因此在组织航行和登陆战斗训练时，缺乏认真系统的组织研究，无法设想在各种困难情况下如何处置和动作等。

在征集的船只中，有一小部分是汽船，又用汽车发动机突击组装了一部分机帆船，这便产生了用汽船拖拉渔船的办法。

这个办法在江上航运中是常见的运输方式，但用于战斗输送会出现什么情况或遇到什么问题，如何采取预防和应急措施等，尤其是拖拉船只解体时或解体后汽船和各拖船的航行次序与航线选择，如何防止碰撞等等，当时均缺乏研究和操作，也没有什么预防措施。这些问题，均在后来的登陆作战中显现出来。

从高锐的部署和准备工作来看，它是以一次性强行攻占鼓浪屿为目的，并没有半点佯攻的意思！

登陆部队奋勇抢滩

叶飞一声令下，厦门战役便开始了。

炮兵按照原先的命令，提早 30 分钟开始轰击敌人的阵地。

10 月 15 日下午 4 时 30 分，天气突然变得恶劣起来，狂风大作，波浪翻滚。

上级严令禁止在战斗中轰击和损坏鼓浪屿名胜建筑。炮兵按计划经过试射后，便开始对鼓浪屿西南突出角澳部滩头两侧的对我登陆部队威胁最大的钢筋混凝土堡进行破坏性轰击。炮火持续了 45 分钟后，延伸向登陆地点和敌纵深进行压制轰击，直打得鼓浪屿西侧一片火海，岛上西部山坡上的树木大部分被摧折，地形地貌也变了样，炮火的猛烈程度超出预料。

但由于风浪太大，所以命中率不高。

叶飞后来回忆说：

> 炮兵"命中率不高"。解放军炮兵的射击虽说不能完全压制岛上国民党军的火力，却极大地震撼了敌人，使海边第一线的国民党守军一度陷入惊惶之中。可是，炮击也把我军进攻部队置于明处，进攻鼓浪屿已毫无突然性、隐蔽

鼓浪屿登陆战

性可言。

这天本来是个秋高气爽的晴朗好天，但到了下午 4 时 30 分，将近按计划发起攻击时，天气骤变，由晴转阴，东北风渐起，越刮越大，乌云滚滚而来，海峡上空顿时阴沉沉的。

炮火准备开始后，第一梯队二七一团便开始准备上船。由于防备敌人飞机袭击，各船从隐蔽港汊开出到达上船码头，浪费了很多时间，正式开始上船已经是 18 时了，又由于装载过程中组织指挥不严密，装载行动产生混乱，再加上遇到天气突变东南风转东北风，而且越来越猛，对上船和连接船只产生了影响，因此延误了起航时间。原规定 18 时装载完毕开始起航，结果延迟到 19 时 30 分才开始起航。

攻击部队出发后分别由海沧和沙坛河滩起航，从海沧湾、沙坛湾鱼贯而出，分两路向鼓浪屿西南部出发。

攻击部队一梯队由精悍的 4 个团的木船队组成，他们分别来自第三十一军的两个主攻团、九十一师的二七一团和九十三师的二七七团。其中二七一团因在济南战役中作战英勇、战功显赫而被命名为"济南第二团"。由于起航时间延误了将近两个小时，我军开始的炮火破坏化为乌有，敌人重新加强了工事，并严阵以待。

解放军起航后经过调整，二七一团团长王兴芳、副团长田军率领的一、三营为第一梯队沿江下驶。船到江口时，海潮与江流在江口相汇，激起冲天狂波，迎面的东北风也越刮越猛，波涛汹涌翻滚，在江口形成强大的航行阻力，船队又多是平底江船，颠簸更为厉害。

战士与船员一起和风浪抗击，一会儿大浪压头，一会儿大风四起，把船只搞得颠簸打转。加上汽船拖带的渔船过多，致使拖绳不时断开，桅杆打折，这都是练兵演习时从没有遇到过的。

缆绳拉断，桅杆打折，可他们并没有因此而退却，勇敢地与风浪进行搏击。第一梯队一营一、三连由并行变成梯队，战士们穿过风浪，奋勇向前。

解放军的船队航行到距岸边 200 米左右时，鼓浪屿的国民党守军开始以猛烈的火力进行阻拦，但怎么也阻挡不了解放军战士前进的坚定意志。

带着自家三条船和五口人参战的 54 岁女船工张锦娘冒着密集的炮火，迎着狂风恶浪，疾驶在船队的最前头。眼看离岸只有 100 米了，这时，一发罪恶的炮弹在张锦娘的船边爆炸，她的丈夫和小儿子中弹倒下了。

此时，已身负重伤的张锦娘顾不得上前搀扶亲人，接过舵把，继续驾船奋勇前进，并拼尽全力高喊："冲上去啊！"

张锦娘驾驶破损的船艰难地驶向敌人的礁头阵地。最后，张锦娘驾驶的船不幸中弹沉没，她和她的丈夫及三个儿子全部阵亡了！

渔民欧大兴及其兄弟叔侄四人连续两次运送突击队

员渡海，在最后返航时不幸腹部中弹，但他不顾重伤，仍去解救一位落水的战士，最后壮烈牺牲。

战士们乘坐船只在波涛汹涌的海面上拼命地向前划行。守敌的炮火越来越猛，战士们冒着密集的炮火，还要和恶劣的风浪作斗争，令人敬佩的是，二七一团战前挑选的132名水手英勇顽强，沉着冷静，不顾伤亡，坚持划船，直到最后一刻。

战前带头苦练并决心夺取"渡海第一船"称号的二七一团宣传股长彭润津和横渡长江时荣立一等功的瞿明并肩划船时不幸中弹牺牲。

攻击部队第一梯队大多数船只因风浪太大和敌人炮火阻击，未能在预定突破口靠岸，小部分船只甚至还被狂风巨浪卷回来。

鼓浪屿守军打出了照明弹，将岸边海面照得通亮。敌军还开来"太康"号军舰，在厦门大学附近海面进行密集式炮轰。

解放军有的船只被弹片打穿了，海水涌进了船舱；有的船只桅杆被炸断了；有的船只被炸沉了……大部分船只在分散后，战士们仍抱定船自为战、人自为战的决心，英勇地冒着敌人的枪炮火力，拼命划船前进。

夜里9时，先头连"济南第二团"一营三连靠近登陆点，牵引汽船在离登陆点200到300米远的地方割断拖绳，小船各自向岸边驶去。但还没有走多远，敌人突然开火，解放军先头连还没来得及下船就牺牲了大半。

未登岸的部队担心敌人的炮火过于猛烈，在离岸一公里就割断牵引绳，木船靠划行接近敌人，随即又遭到敌人炮火、机枪的疯狂射击。

　　第一梯队营的各连大部伤亡！

　　21 时 30 分后，二七一团一、二、三、五、七连和第二七七团二、四、八连开始零星抵滩。船上的指战员纷纷跳下水向敌岸冲击。敌前沿火力点疯狂地进行交叉扫射。第一梯队登陆部队在滩头损失很大，仅 7 个排进入敌前沿阵地。

　　二七一团一、二、三、五、七连和二七七团二、四、八连登陆之后，冒着敌人的炮火，顽强地向海滩挺进。

　　鲜血染红了鼓浪屿海滩，鲜血染红了厦门海湾！

鼓浪屿登陆战

佯攻鼓浪屿

作为"济南第二团"突击连的一营三连共产党员徐德俭，冒着敌人的枪林弹雨，手握登岛红旗，冲到敌岸的障碍物前。他脑海里念念不忘战前与第一连的挑战："看谁先把五星红旗插上鼓浪屿！"

恰好此时三连七班战士黄有山抱着炸药包冲上了敌岸，扑向面前的铁丝网。一声巨响，铁丝网被炸开了一道口子。黄有山又连送了两包炸药，把敌人从前沿碉堡里轰跑了。

徐德俭手握红旗从爆破口猛冲入敌阵，抓着敌人当做围墙用的汽油桶攀登上山，冒死把红旗插上了鼓浪屿。

一营教导员于连沂，是抗战时期入伍的优秀指挥员。他身经百战，是师模范党员。登岛后，于连沂迅速将不同建制的班排组织起来，在尾旗山下抗击敌人多次反击，不幸中弹牺牲！

"济南第二团"副团长田军和该团第二连第一排一起冲到鼓浪屿西南侧大德记岩石下，用炸药炸开了鹿砦铁丝网，冲进了滩头的突出碉堡，然后，在敌两侧火力夹击间隙，摸到围墙根，架上梯子。

第三班班长、共产党员宸士兴第一个登上墙头，敌人的机枪把他击中。他用手捂住伤口，一声不吭，站起来再往上攀登，由于流血过多，他倒在地上。他在牺牲前还不住地喊着："同志们！往上冲啊！别忘了人民交给我们的任务……"

副排长李荣和立即率领其他战士登梯上墙。敌人的子弹射穿了他的颈部，他不顾鲜血流淌，高喊着："消灭敌人呀！咱们只有前进，不能后退！"

这时，七连二排也打上来了。

他们会合后，向敌纵深突击，连续攻占三个地堡。

但终因势单力薄，未能巩固既得阵地，坚守两小时后被敌人反击下来，进退无路，最后大部壮烈牺牲。

副团长田军大腿负伤后套上救生衣漂流到海上，幸亏被师的救护船救起。

在攻克济南城荣获"青年战斗模范班"称号的"济南第二团"第一连八班，涉水抵达岸滩时，遇到敌人机枪火力射击，大部分伤亡。战士吴永涛腿上中弹，鲜血直流，但他咬牙忍痛，奋勇前冲，直至摔倒在地上爬不起来。班长丛华滋一面带头向前冲，一面高呼："同志们，我们是英雄部队，剩下一个人也要打上鼓浪屿！"不幸的是，他和全班同志一起永远躺在了鼓浪屿的土地上。

师医疗队跟随第一梯队在师后勤部政委张良率领下，分乘三条船，因为不知道登陆已经失利，依然向前航进。最后船只全部被敌击毁，张良后来随风浪漂回来，才幸免于难。

九十一师炮兵营二连指导员赵世堂抵滩时，船只被

鼓浪屿登陆战

击沉，两门炮也落水，他率领十余名战士强行涉水登陆，直插日光岩西侧制高点。战到第二天，全部壮烈牺牲。

十兵团的登陆部队因为兵力有限，最终没有完全占领阵地，死守两个小时后，又被敌人抢去。敌人的炮火过于猛烈，很多战士壮烈牺牲。

其他战士依然和敌人殊死搏斗，有的排一直打到日光岩，滩头丢失，后路被断，只好与敌人进行顽强的搏斗。

"济南第二团"团部带领三营九连，在起航后便被牵引船拖错了方向，拖到了白天隐蔽的江边，与部队失去联系。

团部与大部队失去联系，部队岂不是失去了指挥？团长王兴芳心急如焚，他大声对船上的人说："这下坏了，该怎么办？"

王兴芳只好指挥警卫人员 20 余人，乘汽船赶去指挥，于 8 时 50 分单独驶到了距岸 100 米左右的登陆点附近海面，但被敌人岸边直瞄炮火击中，王兴芳重伤阵亡，时年 38 岁。

剩余的战士被迫在鼓浪屿旗尾山东侧悬崖下敌人火力控制网内登陆，与敌激战，大部阵亡。

因为船只不足，需要来回运输，晚上 11 时，二七一团政委张志勇又率三个二梯队重新出发，分别是二七一团十营、二七二团一营、二七七团一个营。因为没有汽船的牵引，所以速度很慢，有的出不了江口，有的出了江口又被风浪吹回去了。

有的船只刚刚靠近登陆岸就被敌人打退，还有的战士跳下水游到岸边，却中了敌人的子弹。当时只有两个排突入敌阵地，很多人都失去了宝贵的生命，伤亡大半，登陆战役受挫。

10月16日凌晨时分，第二梯队二七三团已经到达了嵩屿东侧，团长赵讲让一上岸，就用电话向师长高锐报告："部队已经到达嵩屿脚下，请指示下一步行动。"

由于在鼓浪屿登陆已失利，而且已经到了16日，登陆海岸被敌人的火力严密封锁了，高锐师长只好命令二七二团撤回原驻地。

鼓浪屿佯攻受到了阻力，但是令战士们没有想到的是，解放军猛烈的进攻却达到了另一效果，即直接给汤恩伯造成了判断上的失误。

面对解放军的进攻，汤恩伯急得大声叫："共军将在攻取鼓浪屿后，从鼓浪屿直攻厦门岛。"

国民党把预备队一个团投入鼓浪屿作战，并将部署在岛腰部的机动部队南调。这样，厦门兵力就被分散了。此举正好达到了叶飞声东击西的目的，这更增强了叶飞继续佯攻鼓浪屿的决心。

鼓浪屿登陆战

发起高崎战役

10月15日24时，二十九军两个师，三十一军一个师的先头登陆部队，在解放军十兵团佯攻鼓浪屿的时候，分别由北、西、东北登船出发，准备在天亮前夺取厦门高崎一带的滩头阵地。

具体部署如下：

三十一军九十二师由西段东渡至石湖山之间登陆突破；二十九军八十五师由高崎至西侧的石湖山和花屿间登陆突破；八十六师由钟宅至花屿间登陆突破。

当时在海面上，东北风肆虐，吹得海浪翻滚，船在海水里摇摆不定，但这个风向对解放军从厦门北面登陆是十分有利的。

作战部队的船只顺着强劲的东北风，在漆黑的夜里快速地驶向各自的预定登陆点，准备对高崎发起全线攻击。

这个时候，由于我军对鼓浪屿的佯攻，敌人还以为解放军主要攻击方向是鼓浪屿，而没有想到解放军会攻击高崎。

高崎位于厦门岛北端，是一个伸向海中的突出部，距离大陆最近，又是这一带海岸线上的制高点，所以成为厦门敌军的一个重要支撑点。

在高崎的正面，是一片悬崖峭壁，而在陡壁下的海滩上，国民党守军设置着三列木桩、铁丝网；悬崖顶上是国民党的大炮要塞阵地，炮口直指北面海面和大陆。

在敌人阵地附近有一群钢筋水泥暗堡，里面配备着大量的机枪，可以封锁正北和左右两侧的海面，又能前后互相协助。

大量的铁丝网、水雷、炸弹等障碍物，成为高崎滩头阵地的核心支撑点。国民党守军正是凭借这些坚固的工事和险要的地形，负隅顽抗。

黑夜里，担任突击任务的八十五师二五四团二营的战士们，从潘涂港湾乘坐数十条大船，利用夜幕的掩护，朝着厦门岛快速行进。战士们紧跟着有红灯标志的指挥船前进，在海上拼搏两个多小时，才靠近了敌人的阵地。

作战部队驶至高崎的浅水滩的时候，岸上的守军依靠有利的地形，乘解放军不备发起攻击，妄图把解放军消灭在滩头阵地。敌人用机枪疯狂地扫射，整个海面都被震颤了，天空顿时被乌云所笼罩。

面对敌人如此猛烈的炮火，解放军的登陆部队无法继续挺进。就在这时，二营六连有几个年轻爆破手，勇敢地拿起炸药包，死死地盯着敌人的机枪口，迅速爬到岸边的陡坎上，悄悄地把炸药包放在旁边。

只听见一声巨响，敌人阵地的铁丝网被炸开了一个大缺口。这个时候，解放军冒着敌人的炮火冲到了两个地堡面前，消灭了地堡中的敌人。

四连连长黄仲和组织全连的火力向敌人射击。战士们喊声震天，吓得敌人魂飞魄散。敌人眼看就要被剿灭，于是就纷纷缴械投降了。

二营占领了敌人的滩头阵地后，发现前面有一座6米多高的峭壁，碉堡里的敌人依然用机枪疯狂扫射，而且背后是波涛汹涌的大海，登陆部队的处境很危险。

在这生死攸关的时候，每个战士都清楚地意识到：在滩头延误战机，就等于灭亡，只有冲锋向前才能胜利！就这样，战士们组织全营的火力压制岸上的敌人，突击队员们利用竹梯爬崖越壁，抢占了有利地形。

战斗进行得十分激烈，梯子也被敌人的炮弹炸坏了。没了梯子，战士们就叠成人梯继续往上爬，扑进敌人的阵地，把阵地上的敌人分块包围，分段歼灭。

很快，解放军战士又攻占了高崎以东的有利地形。国民党的守军面对闪电般的解放军，一部分士兵束手就擒，而另一部分则慌忙逃窜。

抢占高崎要塞

二五四团二营的登陆部队，冒着敌人猛烈的炮火占领了部分阵地。

二五四团三营这个时候也出发了，他们的任务是攻占高崎要塞以东、湖莲以西的敌军阵地。

三营在 10 月 15 日傍晚的时候开始登船，20 时 30分，慢慢地靠近了厦门岛，团首长号召"只能前进，决不后退"。

三营教导员阮也平与大家一起宣誓：

只要解放厦门岛，即使牺牲也甘心！

当时，阮也平和三营通讯班乘坐一条大船，亲自指挥战斗。

三营七连是突击连，八连随营部开进，指导员徐永柏和通讯员小章同乘八班的一条船。

八连的船在风浪中艰难行进，由于风浪太大，班、排之间失去了联系，于是，这些分散的船只就成了一个个独立作战的小分队。

八连指导员徐永柏所在的那条船，机枪架在船头上，两边各有五名战士划桨，有经验的战士掌舵。大家团结

鼓浪屿登陆战

一心，和海浪进行搏斗，很快赶上了前面一条船。

前面船上有一个人站在船头上，问徐永柏他们是哪个连的，徐永柏听出是阮也平教导员的声音，大声说："是八连的。"

徐永柏问他："我们前进登陆的方向对吗？"

阮也平教导员说："对。"

八班的战士更加信心百倍，冒着风浪继续前进，他们的小船朝着厦门岛两个山头中间的一个凹影处拼命划行，没有什么可以让他们停止前进。

半小时后，一颗明亮的信号弹划破天空，徐永柏带领八班朝着敌人交叉火力点的中间方向插进去。

战士们下船以后，悄悄地趟水登上海滩，发现在海滩上设置着铁丝网，虽然前面的敌人没有发现解放军的行踪，但铁丝网却挡住了去路。

怎么办？徐永柏要求八班战士继续发扬英勇作战的优良传统。于是，战士们有的用手，有的用铁锨迅速扒开铁丝网下的沙土，慢慢地从铁丝网下爬了过去，连续钻过三道铁丝网。

大家的衣服和皮肉都被铁丝划破了，但谁也没有喊一声疼，而是沿着岸边两三丈高的悬崖陡壁向右挺进，很快就靠近了敌人的一个碉堡。

徐永柏指挥八班利用碉堡的死角搭人梯攀登到敌人的水泥碉堡顶上，正在这时发现有一个敌人正沿着交通壕走过来，八班长黄林迅速把那个敌人扑倒在地。

敌人胆怯地说："自己人，别误会。"

黄林堵住了那家伙的嘴巴，这时敌人发现了八班战士。

敌人开始疯狂地扫射，打伤了徐永柏的左手臂，顿时鲜血直流。徐永柏忍着身上的疼痛，指挥八班向前挺进，利用有利地形，防备敌人的反扑。之后，徐永柏简单地包扎了伤口，和通讯员一起准备摧毁敌人的碉堡。

他们让那个俘虏从碉堡顶上的天窗向里喊话："向解放军缴枪吧，他们会优待咱们的！"

在解放军的政治攻势下，碉堡里的敌人放弃了抵抗，有三个敌人缴枪投降了。徐永柏马上派通讯员小章返回海滩去联络后续部队。

但在这个时候，左右两边敌人再次疯狂扫射。八班全体战士，利用已占领的敌人碉堡和交通壕，击退了大批敌人。

一营从三营八班打通的道路上冲了上来，徐永柏向他们简单介绍了情况后，一营战士马上向飞机场挺进。

10 月 16 日清晨，徐永柏带领三营八班同本连的二、三排会合了。

当徐永柏去换药的时候，发现通讯员小章已躺在海滩上，闭上了眼睛。为了厦门的解放，为了部队能前进，小章献出了宝贵的生命。

徐永柏还听说，阮也平教导员也在登陆时牺牲了。

当时是深夜，阮也平率领七连登陆的时候，敌人发

鼓浪屿登陆战

现了他们，就向空中发射了一颗照明弹。

战士们的行踪完全暴露在敌人的面前，敌人开始用机枪疯狂地扫射，阮也平指挥战士进行反击。

正当七连战士和敌人激烈交战的时候，忽然从左侧礁石上射来了密集的子弹，当场就有 10 名战士倒下，其他战士也处于敌人的射程之内。

在这千钧一发之际，为了转移敌人的火力，阮也平教导员命令通讯班向礁石上的敌人暗堡猛烈射击。等船一靠礁石，他奋力跳下船去，朝敌人的碉堡冲去。

当阮也平靠近敌人的碉堡时，敌人发现了他。碉堡里的机枪疯狂地向他射击。一个年轻的生命就这样离开了这个世界，当时他才 25 岁。

在部队进军福建前，组织上将阮也平的未婚妻调到师部，准备让他们成婚，但他却拒绝了，因为他不想在这个时候举行婚礼，说要等厦门和金门解放了再说。然而，他的未婚妻再也见不到他熟悉的面容了。

徐永柏换好药后，马上返回部队。

在飞机场东边阵地上，战士们防备着敌人的进攻。

战后，三营八班因首先登上厦门岛，被军部授予"集体二等功"。

四、 争夺神山之战

- 接过红旗后，一连一排长张丽日和全排战士一起，大声宣誓："一定要将这面红旗插上神山！"

- 张林国高举着手里的五星红旗冲在最前面，突然一颗子弹打了过来，他便倒在了血泊中，眼睛还望着前方。

- 李玉扬吹响冲锋号，全连指战员听到这熟悉的号声，内心的血液又涌动起来，纷纷冲向敌人的阵地。

血战神山

当解放军十兵团的登陆部队在高崎激战的时候，另一支队伍在厦门神山也对敌人的阵地发起了猛烈的攻击，战争场面十分壮观。

1950年10月14日，八十五师二五五团一营在营地指挥部召开了战斗动员大会。教导员蒋永昌为战斗作动员，之后营长黄启昌宣布了作战命令和兵力部署，由一连组成主要突击部队，快速奔赴战场。

当时，黄启昌营长与蒋教导员把一面国旗授予一连，指导员丁奖兴和连长从营首长手中接过了这面庄严的五星红旗，又当众授予了一排。

有了这面红旗，战士们就有了奋勇杀敌的信心和动力，他们相信一定会顺利完成任务的。

接过红旗后，一连一排长张丽日和全排战士一起，大声宣誓："一定要将这面红旗插上神山！"响亮的口号声久久地回荡在山谷里。

神山位于高崎的右侧，是一连突破敌人阵地前沿后，首先要夺取的制高点，而这个任务交给了一排。

为了保障战役的顺利进行，一连党支部迅速召开作战会议进行部署，同时还研究决定由丁奖兴与副连长刘顺利率领突击排，高连长率二排居中，负责指挥全连，三排在后面跟进。

会议还提醒各作战部队，虽然每支部队都有明确任务，但作战情况变化复杂，各船应争先突击，只要有机会，有条件，就要争当突击员，只有这样，才能保证突击任务的顺利完成。

10月15日的夜里，一连遵照团里的命令，乘坐大、小船只朝着厦门岛浩浩荡荡地出发了。风浪很大，船只在水里摇摆不定，但大家却拼命地向前划行，每只船船尾都有一个联络灯，发出微弱的光芒。

在厦门岛上，国民党守军不停地用探照灯在海面上搜索，有时又射向空中，一道长长的光柱在空中来回晃动着。船上的解放军战士更加注意隐蔽。

狂风肆虐，浪头一个接着一个扑向解放军的船只。战士们的军服都被海水打湿了，海水也溅到了船舱里。

解放军乘坐的船只很小，仅能乘10人，遇到这么大的海浪，小船摇摇晃晃，有的船在海中打起转来。战士们紧紧抓住船舷，以免落水。

指导员丁奖兴坐在一排二班船上，告诉大家要沉住气，他镇静地对大家说道："方向对准，舵把稳。"

在大家的通力配合下，船继续向前快速行进。

厦门岛上的国民党守军为了看清海面上的情况，又连续发射几颗照明弹。解放军战士们不失时机地"借光"观察对岸的地形与火力点。

细心的解放军发现，在距海边不远处有一片独立的

争夺神山之战

黑影。这就是解放军二五五团一营一连首先要攻占的滩头制高点——神山。他们马上就要到了。

在行进的过程中，指导员丁奖兴乘坐的船只不小心碰到了暗礁，船底破了一个洞，海水顿时灌了进来，而且船只还在海水里摇摆不定。这个时候，指导员丁奖兴让战士们赶紧堵住洞口，并把船舱里的水舀出去。

经过和风浪的搏击，船终于渡过海峡，靠近了厦门岛的海岸。此时，岸上的敌人还是发现了解放军的行踪，顿时火光一片，子弹纷纷射向解放军，整个海岛顿时硝烟四起。

上岸后，战士们在很宽的淤泥滩里行走实在困难，左腿拔出来，右腿又陷下去。解放军的突击排负荷很重，前进速度不是很快。

在泥滩上生长着许多小树，战士们就把小树枝踩倒，路就好走了一些，部队速度又加快了。

解放军的突击排通过淤泥滩以后，快速突击，炸毁了敌人的铁丝网，攻占了第一道堑壕，一下子夺取了厦门岛上的五个碉堡。刘副连长从左侧率领一排一、三班向神山发起猛烈的攻击，而丁奖兴则率二班从右侧攻击。

一排三班战士张林国高举着手里的五星红旗冲在最前面。突然，一颗子弹打过来，张林国倒在血泊中，眼睛还望着前方。

在这个时候，另一位战士又扛起红旗继续前进，嘴里还喊着响亮的进军口号。

在解放军左右夹击之下，神山终于被解放军突击部队占领了，鲜艳的五星红旗插在了高高的山顶上，迎着海风飘扬着。

为了插上这面红旗，解放军牺牲了9名勇敢的战士，他们用宝贵的生命换来了胜利。

同时，一连连长率二、三排到达神山脚下。一连党支部决定，由连长率二、三排攻击神山右前方的敌团指挥所——殿前村，要用最快的速度占领该地，以确保神山一侧的安全；由丁奖兴率一排坚守神山。

占领神山后的一排，连张排长在内还不到30人。丁奖兴马上调整了作战部署，带领大家修筑工事，准备抗击敌人的反击。

吃了败仗的敌人为了夺回神山这个制高点，连续发起了7次疯狂反扑。在敌人强大兵力的攻击下，神山阵地又给敌人占去了。

战士们退到附近，等着二营一连前来支援他们。

争夺神山之战

突击连强涉泥泞海滩

二五五团一营一连占领神山后，二营一连也开始行动了，他们的目的地也是厦门的神山。

小船在海面上快速地行进，风浪很大，船身颠簸得很厉害。为了让船只平稳些，老船工陈其山尽量把舵往水里压，以此来减少海水的冲击。

"砰"的一声，远方有人鸣枪，原来岸上的敌人发现了解放军的行踪。顿时，弹雨一起向解放军的船只射来，和汹涌的海浪交织在一起。

而在对岸，解放军用各种火炮远程射击敌人的阵地，发出成串的炮弹，猛烈地向敌人的前沿阵地、制高点轰击，掩护二营一连强行登陆。

一连的船队，行驶在厦门高崎和石湖山炮台之间的海面，船队在波涛翻滚的海浪中艰难地行进。

敌人的枪声响彻天空，子弹如同雨点一样在战士们的身边嗖嗖而过。炮声、枪声、风声、浪声，让整个海面都沸腾了。

一连二、三班乘坐的船被敌人的子弹打穿了，冰凉的海水涌了进来。二班长姜振友和三班长赵英刚要脱下衣服来堵住弹洞，正在划船的杨志远说："不用，早准备了堵洞的破棉絮。"

说话间，又一颗炮弹在他们旁边的海面上爆炸了，船身剧烈地震动。这个时候，战士杨志远累得满头大汗，拼命地摇着橹，不小心中了敌人的子弹。

忽然，又一颗炮弹在他们眼前炸开了花，杨志远怕老船工陈其山有危险，他不顾身上的疼痛，用自己的身体保护了老船工。杨志远再次负伤。

杨志远胸前流满了鲜血，倒在了船上，老船工心痛万分。全船的战士也都围在杨志远的身边，给他鼓励和安慰，让他挺住。一连长马上叫人给他包扎，一面又指示战士们要小心，他们划着船继续往前冲。

许久，杨志远睁开了眼，迷迷糊糊地问："船……老……大……安……全……吗?"

他似乎还想说什么，但已经没了力气，就那样轻轻地闭上了眼睛，带着对胜利的希望离开了这个世界。

船工陈其山悲痛万分，战士们也一个个握紧了手里的枪，怒视着敌人的阵地。战士们决心一定要解放厦门岛，为他们亲爱的战友报仇!

战士继续拼命地划船，终于快要靠近海滩了。老船工一看不能再延迟了，因为当时已经退潮了，他一个人跳入海中推着船前进。

海滩上的淤泥极其难走，岸边的海水能没过人的胸膛。尽管如此，老船工也没有后退，而是拼命往前推着船。他看着船里牺牲的战士，心情更加悲愤，他使劲地推船，只想快点登陆，早点消灭顽敌。

争夺神山之战

在老船工的努力下，船靠岸了。一排长于德田带领二、三班的战士快速跳下船。于德田排长借着淡淡的月光，发现登陆方向偏右了几十米。这样，他们要接近敌人的工事，还要通过四五十米长的淤泥滩，情况十分危险。

于德田立即命令三班在前，二班在后，在重机枪掩护下，队伍成三角队形，无论如何也要抢占滩头阵地，他激励大家说："打上去，就是胜利！"

命令下达后，战士们如同猛虎一样扑向敌人的阵地，不顾一切拼命向前冲。可是没走多远就陷进了淤泥里，而且越陷越深。他们的身上还背着沉重的武器装备，因此行进的速度慢了下来。

岸上的守敌集中各种武器，组织了强大的火力，以此来阻止解放军的前进。而一排战士不但要通过淤泥滩，而且还要组织火力对敌人进行反击。

当一排的战士在泥泞的海滩上突进时，汪勇连长带领着一排一班、二排和迫击炮排的战士也赶来了。汪勇连长发现一排攻击受阻，马上命令迫击炮开炮，压制敌军火力，掩护二、三班前进。

但是在如此泥泞的海滩上发射炮弹并非容易的事。炮排的战士就不顾一切地用自己的肩头抵住炮身。为了防止炮身反弹影响射中目标，炮排排长根据以往的战斗经验，把炮口提高了三度，第一发，就准确地打在了敌人的阵地上。

在发射炮弹的时候，机枪班把几十斤重的机枪也扛在肩上射击，虽然好几个战士的肩头都被震肿了，但他们一声不吭，像坚强的铁人一样挺立着。

在连队的掩护下，一排二、三班的战士继续向前冲。为了减少伤亡，战士们有的跪着走，有的爬着走，还有的卧倒滚着走。有的鞋子都陷进了淤泥里，就光着脚走，脚被贝壳刺破了，也忘记了疼痛，只是一个劲地往前冲。

当时，三班长赵英扛着武器走在最前面，新战士周寿忠紧紧地跟在班长的后面，曾有明扛着鲜艳的五星红旗，也跟了上来。

这个时候，敌人的火力依然疯狂，虽然战士们勉强通过了淤泥地，但也牺牲了不少战士，甚至连排长都牺牲了。

登陆成功后，一排发射了一颗信号弹。

三班班长赵英指挥战士炸开第一道铁丝网后，曾有明飞快地向左侧那座滩头钢筋水泥碉堡冲去，当他把手榴弹塞进碉堡枪眼时，赵英就带着周寿忠和二班战士插到碉堡侧后。短短几分钟的时间，就攻占了碉堡，为部队前进打开了一个突破口。

部队继续前进，遇到了一处三米多高的圩岸，面对这种情况，赵英就踩着周寿忠的肩翻了上去。刚刚露出头，敌人的子弹就射了过来，赵英躲过子弹，也对着敌人还击一枪，一个敌人应声倒地。赵英快速翻过圩岸，迎面又来了三个敌人，他敏捷地掏出身上的手榴弹，炸

争夺神山之战

死了两个敌人。

在赵英的后面，其他战士也迅速翻过了圩岸。他们仔细观察地形，发现前面是一条公路，左侧有个大水坑。

根据上级的要求，二营一连应该向神山方向前进，去支援一营一连，进而巩固神山阵地。而神山就在正前方，赵英马上命令留下一个人和二班战士进行联系，其余的战士向神山挺进。

还没有走几步，迎面就来了一股敌人。他们乘敌人不注意，发起突然袭击，当场打死两个敌人，其他敌人冲了上来。赵英端着机枪想要扫射敌人，但机枪沾了泥水打不响了。赵英就大喊一声："同志们，甩手榴弹！"

一声令下，一颗颗手榴弹就在敌人的身边炸开了，敌人慌忙逃窜了。

这个时候，二班长姜振友也带着战士们赶来了，两支部队会合在一起共同抗击敌人。赵英的胳膊上流着鲜血，可他依然忍着痛继续前进。刚刚击退一股敌人，没走几步，就看到前面有几辆敌军的装甲车开了过来，车后还跟着一大群敌人，车灯照得这一带犹如白昼。

姜振友和赵英一致认为，万万不可让敌人的装甲车挡住他们的去路，否则他们好不容易打开的突破口就会被敌人占领。此时，敌军的第一辆装甲车上的重机枪朝着他们射击，一排战士纷纷隐蔽起来了。

敌人的装甲车越来越近了，一个战士挺身而出，说要炸掉它，但当他将要靠近装甲车的时候，不幸中弹身亡。之后，又扑上去两个战士，也壮烈牺牲了。

在最关键的时候，赵英抱着一包炸药，奔向了装甲车。一声巨响之后，为了伟大的革命胜利，为了厦门，为了战士们能够顺利登陆，赵英献出了自己宝贵的生命。

余烟未尽，敌军的其他装甲车也跟了上来。姜振友强忍着失去战友的痛苦正要组织部队反击，一连长汪勇带着一班和二排的战士也赶来了。

当姜振友向汪勇说了赵英壮烈牺牲的经过后，汪勇愤怒地大喝一声："坚决把装甲车打下去！"

汪勇镇定地分析地形，部署了兵力和火力，并指定战士曾有明把一包10公斤重的炸药放到装甲车必经的路上。这个时候，周寿忠冲到前边说："连长，把这个艰巨的任务交给我吧，我一定要为赵英班长报仇！"

汪勇看到周寿忠这么勇敢，就同意了。周寿忠刚把炸药放置好，敌军的三辆装甲车就缓缓开来了。当第一辆装甲车进入炸药火力圈时，周寿忠快速地拉响了雷管，而自己找了一个地方隐蔽起来了。

顷刻间，黑烟滚滚，最前面的一辆装甲车被炸坏了，一连的战士们拍手叫好。但是敌人的装甲车依然很顽固，后面的一辆又跟上来了。也许是害怕地面上有炸药，所以那辆装甲车开得特别慢，只是用机枪疯狂地扫射。

汪勇连长指挥大家，要集中火力打车灯，再集中火力打车胎。车胎没气了车就不能走，也就失去了装甲车的威力。

争夺神山之战

　　这招果然很见效，那辆装甲车瘫痪在路上了，最后一辆装甲车掉头跑掉了。

　　在解放军的打击下，敌人的装甲车再也不敢前进了。汪勇一见机会来了，立即集中所有的兵力追击。敌军伤亡很大，很多敌人束手就擒。

抢占敌军阵地

把敌人的装甲车击退之后，汪勇命令一班归连里指挥，姜振友带领一排其他战士，继续向神山挺进。他们决心要在天明前和一营一连会合，坚决剿灭山上的敌人。

一排接受命令后，战士们奋勇前进，大踏步地向神山挺进。

在漆黑的夜里，敌人大批援军赶来了。一排正准备袭击他们，不料敌人这时也发现了一排，对面的敌人大声问："你们是哪个连队的，干什么的？"

"三连，你们是哪个连的？"姜振友机警地回答。

"我们是二连，那边的情况怎么样？登陆的共军打退了没有？"

"全被我们干掉了，你们就回去休息吧！需要的时候，会告诉你们的！"

敌人一听不用支援，都乐坏了，准备回去休息。

就在这个时候，早已做好了战斗准备的一排战士趁敌人不备，突然间迅速掏出枪对准敌人，大家几乎是一齐厉声喝道："我们是人民解放军，赶快缴枪投降！"

敌人吓傻了，都举起手投降了。

姜振友留下几个战士看管俘虏，又率领其他战士继续前进。得知一排机智勇敢的表现后，连长汪勇非常高

争夺神山之战

兴，带着连队加快了步伐。

来到神山附近，二营一连和一营一连终于会合了。

当时，一营一连在占领神山后，遇到敌人强大的火力进攻，此刻的神山被敌人夺去了。为了再次夺回阵地，两个连队一起向神山进攻。

战役发起后，周寿忠扛着鲜艳的五星红旗，冒着敌人的枪林弹雨冲在最前面。周寿忠被敌军的手榴弹炸伤了腿，但他忍着疼痛，仍拼命地匍匐前进。他突然站了起来，双手高高地举起国旗，大声地喊道："同志们，冲啊！"

敌人向他疯狂地射击，周寿忠倒在了血泊中，鲜血染红了地面。

周寿忠的牺牲，让战友们群情激愤。

战斗在惨烈地进行。

一颗子弹打进了刚从突破口赶到神山前线的一排号手李玉扬的腰部，他重重地跌倒在一块石头上。

李玉扬为什么会出现在这里呢？原来，一排的登陆方向偏离了预定地点。为了确保进攻的准确性，连长命令李玉扬拿着联络的红灯，到指定的登陆地点去，让大家确定登陆目标。

李玉扬一听不高兴地说："我想正面去打敌人，却让我干这个差使，真没劲。"

指导员沈声华拍拍他的肩膀说："小伙子，军事任务是不可以讨价还价的，要明白这个任务的重要性，部队登陆方向准不准确，就看你联络得怎么样了！你要好好保护红灯，不能让它熄灭，如果不能完成任务，就会延误全军的登陆作战。"

李玉扬这才恍然大悟，大声说道："指导员请放心，保证完成任务！"

接到命令后，李玉扬就出发了。

他拿着红灯来到预定地点，敌人的机枪朝着他的方向开始射击，高崎方向的敌军火炮也以密集的火力压向海滩。

这个时候，李玉扬才知道这个任务的重要性。尽管灯光十分微弱，但却给大家带来了无限的光明，让后续部队准确地朝着红灯的方向挺进。

后来，下弦月露出了地平线，照亮了夜空，李玉扬手里的灯光就不那么明亮了。

李玉扬怕战士们看不到灯光，匆匆地从岩石的凹处取出红灯，站在一块高大的岩石上，高高地把红灯举在手中，让所有的登陆部队都能看得清楚。

之后，李玉扬又赶到了神山，所以才出现了刚才的那一幕。

李玉扬受伤后，顽强地爬起来，继续往前冲。

接着，汪勇命令李玉扬吹响冲锋号。

全连指战员听到这熟悉的号声，内心的血液又涌动起来，纷纷冲向敌人的阵地。

在响亮的号声中，姜振友扛起国旗，闪电般地冲了

争夺神山之战

上去！解放军战士和敌人展开了殊死搏斗，打得敌人落花流水。

　　姜振友带着身上的伤痛，把鲜艳的五星红旗再次插在了神山顶部。

五、 剿灭石湖守敌

● 在波涛汹涌的大海里，载有勇士们的大木船征帆怒张，朝着石湖山的方向，箭一般快速行进。

● 只见崔金安把大刀用力一挥，砍断铁丝网，高喊一声："往里钻！"战士们迅捷穿过铁丝网。

● 爆炸声响彻天空，一排排机枪子弹啄平了战壕上的积土。战士们不畏强敌，怒目圆睁，单等敌人靠近再打。

登陆石湖山

1949 年 10 月 15 日傍晚，十兵团九十二师派出二七四团一、三营，二七五团一营组成第一梯队，在海水退潮以后，从鳌冠和郭后出发，朝着厦门岛西北侧的石湖山、寨上地段实施偷渡。

这支神勇的部队，是支战斗力很强的部队，曾经立下过很多战功。

由于所乘坐的船只大小不一，其速度也不一样，而且对岸的敌人打过来的炮弹，不断地在船的周围爆炸，不久船队就被迫分散开了。

在波涛汹涌的大海里，一条大木船征帆怒张，朝着石湖山的方向，箭一般快速行进。

这条大船载有九十二师二七四团八连三排和该连一班及机枪连八班的勇士们。

为了到达准确的登陆地点，三排长吕德盛站在船头上，指挥着大船行进的方向，并招呼所有看过地形的战士，一起辨认位于厦门岛西北寨上那两棵隐约可见的大榕树，因为那里就是他们准备登陆的地方。

但是，在夜幕笼罩下，怎么也看不清目标。

敌人的枪声依旧在他们耳际回荡着，而敌人的探照灯反倒让他们看清了方向。

石湖山的黑影越来越大，越来越清晰了，他们的船已经离山脚只有150米左右了。

冒着敌人猛烈的炮火，大船终于靠岸了。

"下船！"一声令下，战士们像潮水一样涌向了海滩。

以八班长崔金安为首的勇士们，在船头重机枪的掩护下，纷纷跳下船去，迎着滚滚的烟雾，一口气越过百余米泥滩，扑到了铁丝网跟前。

只见崔金安把大刀用力一挥，就砍断了铁丝网，高喊："往里钻！"很快，战士们就穿过了铁丝网。

当战士们冲到石湖山脚下的时候，敌人像饿狼一样扑了过来。

敌人命令所有的部队向解放军发起大规模进攻，妄图把解放军消灭在山脚下。

在敌人强大的攻势下，登陆部队伤亡大半，副连长、正副排长、两个班长都先后倒在敌人的枪下。仅有的三挺轻机枪，就有两挺因为进水而不能使用。

在这危急时刻，身负重伤的八班长崔金安，挺身而出，大声喊："同志们，冲啊！"

崔金安和跟在他后面的苑大宽、郑光伟，像三只出笼的愤怒的老虎，端着冲锋枪，举着手榴弹，打死了一大片顽固的敌人。

战士们趁机占领了敌人40米长的交通壕。

这个时候，身负重伤的副连长范学海、排长吕德盛，忍着身上的疼痛，爬过100多米长的泥滩，上岸坚持指

剿灭石湖守敌

挥战斗。

敌人又发起了更加疯狂的进攻。从侧面包围过来，还狂妄地叫道："快缴枪投降！"

面对敌人疯狂的进攻，崔金安等人迅速将现有的 12 个人组织起来，依靠有利地形，把所有的武器全部都用上，连续顽强地击退了敌人的三次进攻，并趁机攻占了两个水泥碉堡和长达 80 米的交通壕，沉重地打击了敌人的嚣张气焰。

在和敌人的争夺中，战士们个个都是勇士，个个都是英雄，根本不把敌人放在眼里。

战士马三章的左肩中了子弹，伤势相当严重，可是他忍住剧痛，一边向前猛冲，一边端着自动步枪向敌人猛烈开火。

战士胡超清，战前是机枪副射手，在射手受伤以后，他主动担任射手。

在敌人进攻最猛烈的时候，胡超清不顾一切，端着机枪朝敌人射击，与其他战士一起击退了敌人的进攻，巩固了阵地。

在战斗间隙里，崔金安来到后边的水泥碉堡内，向副连长报告情况，请示任务。

副连长表扬了崔金安不怕牺牲的战斗精神，对战士们的勇敢深感欣慰，并命令道：

要不惜一切代价，坚决守住阵地，以保证

后续部队顺利登陆。

接到命令后，崔金安就立刻返回了阵地。

战斗已经到了白热化状态，敌人像疯狗一样进攻，但不管如何艰苦，崔金安和他的战士们都决心一定要把阵地守住。

剿灭石湖守敌

血战石湖山

八班班长崔金安带着首长的嘱托又回到了阵地上，他和九班副、一班班长一起商讨下一步作战计划。

空气里还弥漫着浓烈的弹药味。几个人围在一起，商议之后，他们把仅有的12个人分成两个班。战士们宣誓："一定要坚守阵地，为后续部队打开通道。"

九班副班长吴贵喜镇静地说道："只要我们还有一条命，阵地就要守住！"

命令下达后，他们调动所有的力量，准备抗击敌人大规模的反扑。

战士们把手榴弹打开盖，整齐地排列在身旁，架好机枪，并补足了弹药。

敌人连续发动了五次大规模的进攻，在战士们誓死保卫下，敌人始终未能占领阵地。天渐渐地亮了，但仍没有看到后续部队的影子。

从昨晚周围的枪声判断，后续部队肯定在另外的滩头登陆了，所以，他们的心中更增添了胜利的希望和战斗的信心。

红红的太阳，从东方冉冉升起，敌人依然在疯狂地进攻。爆炸声响彻天空，一排排机枪子弹啄平了战壕上的积土。

战士们不畏强敌，等待着敌人靠近再打。

不一会儿，敌人昏头昏脑地滚爬着靠近了。解放军各种武器一齐开火，一片片敌人应声倒下，剩下的便抱头回窜。

战士们以猛虎扑羊之势，夺下了一个大碉堡，活捉了30多个敌人，并乘胜攻上了石湖山顶。

在等待中，战士们终于看到兄弟部队的影子了，他们的后续部队来了，那是他们胜利的希望。他们看到了朝阳露出的笑脸，在战士们的心里，是红红的，暖洋洋的。

在二七四团三营八连袭击石湖山的同时，二七五团一营营长刘金文指挥的一连一部，也在石湖山南侧登陆了。

一排长壮烈牺牲，副排长杜树和带领全排战士继续向前挺进。他们的炸药包被海水浸湿了不能爆破，杜树和就指挥机枪组掩护大家爬过层层铁丝网，去攻占敌人的阵地。

战斗异常激烈，敌人用机枪疯狂地扫射着，三班的正副班长都牺牲了。

这个时候，小组长刘万贤主动代理班长指挥战斗。

在击溃敌人三次反扑后，我方部队就剩下6名勇士了，但大家的情绪此刻反而更加高涨，决心和敌人背水一战。

6名勇士再次向敌人发起进攻，喊声震天，一直冲到敌人的地堡下，向地堡的射孔里投了一颗手榴弹，终于

剿灭石湖守敌

攻下了一个水泥地堡。

在杜树和等人的掩护下，二连二排长王德民率领该排和七班又乘机夺取了两个水泥地堡，击溃了敌人的多次反扑，顽强地守住了阵地，为后续部队开辟了登陆场。

到了10月16日的凌晨，二七四团一营营长王宝田、教导员杨镜洁率领一、三连在寨上登陆，击溃了岸上的敌人，快速占领了寨上的突出部。

当时，二连开辟登陆场后，敌人组织力量进行反扑，二连前进受阻。

七班副班长陈勤挺身而出，先后两次冲到水泥地堡下实施爆破，因为火药进水而没有成功。当他第三次抱起炸药包冲向敌人碉堡的时候，就已经准备好了抱着炸药包和敌人同归于尽。

面对如此勇敢的解放军战士，碉堡里的国民党守军吓破了胆，慌忙逃命，场面一片混乱。

陈勤乘敌人慌乱之机爬入敌人的碉堡内，端起敌人丢下的机枪，掉转枪口向敌射击，迅速地歼灭了里面的全部敌人。

一营三连在登陆后，朝着石湖山方向挺进，策应三营八连的作战。

一营一连乘胜攻占寨上，把鲜艳的五星红旗顺利地插在了山顶。

部队登陆后，虽然只攻占了几个滩头阵地，但战士们都死死地守卫着每一寸土地，使得敌人根本无法靠前。

战士们的顽强奋战，为后续部队开辟和扩大登陆场争取了时间，为十兵团登上厦门岛奠定了胜利的基础。

在同一时刻，二七五团九连根据师参谋长田世兴的命令，从火烧屿起渡，于塘岸、湖里偷渡成功后，马上朝着仙洞山、松柏山方向攻击挺进。

10 月 16 日清晨，二七四团全部和二七五团一营胜利地完成了登陆突破任务。

剿灭石湖守敌

失散部队坚持作战

厦门战役发起后，在 10 月 15 日，十兵团八十六师遵照命令，也作好了登陆厦门岛的部署，如下：

以二五六团配属二五七团二营为第一梯队，为登陆突击团；二五七团（除三营外）为第二梯队，在二五六团登陆成功后跟进；二五八团为师预备队，待命起航。

根据对敌情、地形和敌工事配置的认真分析，八十六师认为不应采取正面登陆，而应集中兵力、火力在下马与钟宅间强行登陆。登陆后，再向纵深和两侧挺进，掩护后续部队继续登陆。

一切部署好之后，10 月 15 日夜里，八十六师二五六团乘坐大小船只，从刘五店一线浩浩荡荡地出发了，他们朝着预定登陆点快速行进，直驶预定登陆点，在下马与钟宅间的滩头阵地突然登陆。

当二五六团登陆之后，岸上的敌人发现了他们，敌人增派兵力和火力疯狂阻击，给解放军带来了很大的伤亡。尽管这样，战士们依旧坚守滩头阵地。

当时海滩上没有什么地形可以利用，但战士们就像钉子一样，牢牢地钉在海滩上，而团指挥部也设在一块海滩上指挥登陆部队作战。

因为解放军的登陆部队兵力有限，战斗进入了僵持阶段。在出发前，二五六师派出四个营的兵力，但由于在航行中风浪太大，通讯联络困难，就失去了联系。

二五六团二营在航渡中迷失了方向，又和团部失去了联系，在另一个地段登陆了。当发现那是一座孤岛时，已经退潮，船只都搁浅了。

而已经在厦门岛登陆的另外两个营的处境十分艰难，随时都有被敌人重兵包围的可能。如果二五六团这两个营被敌人攻击，那么将直接影响到后续大部队登陆的速度。

10月16日，八十六师命令二五七团率一、三营立刻赶往厦门岛，要以最快的速度登陆，进而增援二五六团作战。

二五七团登陆后与二五六团会合在一起，两个团并肩作战。和敌人一阵激战之后，岸上守敌慌忙逃窜，登陆部队迅速向纵深和两侧挺进。

16日午后，占领圩上和钟宅，二五七团在二五六团突破阵地右侧迂回包抄，俘敌500多人，之后，两个团继续向纵深地带挺进。

在另一个地方，二五六团二营因为迷失了方向，未能在预定地点进行登陆，二营长在登陆战斗中牺牲，敌人让他们投降，可战士们毫不畏惧，宁死不屈。

二五六团二营战士，一直坚持到16日夜晚涨潮时才乘坐船只离开那个孤岛，并在离开孤岛后才在预定地点登陆。他们的行为受到了二五六团领导的表扬。

剿灭石湖守敌

二营所属的某排在迷失方向后，在五连连长张胜标带领下，驶向五通道方向，朝着敌人的腹部阵地发动突然袭击。

勇敢的五连战士迅速突破敌人的两道铁丝网后，登陆海滩，后来又攻下敌人一小块阵地。就在这个时候，张胜标他们被敌人团团包围，背后又是狂风肆虐的大海，处境十分危险。

但是，五连战士打退了敌人从东西两个方向的进攻，摧毁了敌人一辆装甲车后，又连续打退小股敌人的轮番攻击。他们忍着饥饿和寒冷，与敌人周旋。当敌人败退时，他们又主动出击，剿灭了大部分敌人。

五连连长张胜标面对困难不放弃，机智勇敢地坚持和敌人斗争，有效地守住了阵地，而且牵制了敌人的兵力，为大部队登陆做好了准备，战后被评为一等功臣。

六、解放厦门全岛

● 在飞机场的周围火光一片，双方激烈地交战，震耳欲聋般的爆炸声回荡在每个角落里。

● 敌人坦克像疯狗一样，向七连阵地步步逼近。在这危急时刻，钢铁战士王洪芳站了起来，向敌人坦克猛扑了过去。

● 叶飞司令员对吴森亚说道："我指挥的部队都归你指挥了，你一定要把这场战役打好，不给敌人逃跑的机会。"

抢占敌军机场

解放军大部队的登陆作战开始了，战士们如蛟龙出海，向敌人阵地扑去。

在激烈的登陆作战中，解放军八十五师二五四团七连连长卢福祥，率领自己的连队攀登上 10 米高的陡壁，冒着敌人密集的炮火登上高崎东面的滩头。他们炸开岸上的铁丝网，把敌人的一座水泥碉堡摧毁了，然后继续前进，攻入一处飞机场。

顿时，飞机场周围火光一片，敌我双方激烈地交战，震耳欲聋的爆炸声回荡在每个角落里。

夜幕之中，火光闪闪，杀声震天。经过两个多小时的激战，七连战士歼灭了机场守敌，缴获了美式榴弹炮两门和迫击炮四门。

10 月 16 日，天渐渐地亮了，卢福祥望着高崎的方向。在那里，他们团的主力部队正在和敌人进行激烈的交战，从漫山遍野的枪声中可以判断，解放军战士已经成功登陆了。

他们团的主力虽然在厦门岛登陆了，但七连要打通与团部的联系，还需要一段时间。在这种情况下，他们要独自坚守机场阵地。为此，七连重新调整了战斗部署，准备对付敌人的反扑。

七连多次击退了数倍于自己的国民党军队的反击，牢牢地坚守着阵地。随着东边的天空越来越红，公鸡的叫声在山野里回荡着。

　　在这个时候，敌人组织了大量兵力再次进行疯狂的反扑，妄图消灭坚守的七连战士，进而夺回他们赖以逃命的机场。

　　面对敌人的疯狂进攻，卢福祥却显得很高兴，因为这样就可以牵制敌人的有生力量，为主力部队在高崎作战赢得宝贵的时间，进而分散敌人的兵力。

　　到了中午，敌我双方仍处于激烈的交战中。

　　在七连战士顽强的抗击下，敌人始终未能前进半步。七连二排长何通远，三排长许汉林，战士陈光、李一也都为坚守阵地献出了宝贵的生命。

　　敌人仍然没有放弃进攻，依靠强大的火力继续推进。突然间，从七连三排的阵地上，传来副连长王洪芒高亢的呼喊声："坦克，坦克！同志们，快准备炸药，炸掉坦克！"

　　听到叫喊声后，卢福祥赶忙抬头寻找目标。

　　只见两辆坦克掩护着两个多排的敌人兵力缓缓向阵地开来，后面扬起了阵阵的黄土。

　　卢福祥站起来大声喊道："同志们，近打坦克，远打步兵，轻重机枪集中打跟在坦克后面的敌人！"

　　这个时候，身负重伤的七连指导员罗维干，也坚持站起来喊道："同志们，敌人已经不行了，想用坦克来吓唬咱们，一定要摧毁他们的坦克啊！"

敌军坦克翻卷着烟尘，一路开着炮，不断地向七连的阵地疯狂地射击。

面对敌人的坦克，七连战士把所有的武器都用上了，用密集的火力抗击着敌人的进攻。

可是，敌人的坦克仍像疯狗一样，向七连阵地步步逼近。在这危急的时刻，钢铁战士王洪芳站了起来，向坦克扑去。

卢福祥急得大喊："王洪芳，先冷静！"

连长的话还没有说完，只听一声巨响，敌人的一辆坦克就被炸毁了，后面的一辆也停了下来。

跟在坦克后面的敌人纷纷逃窜，七连战士趁机歼灭了大部分敌人。

可是，为了摧毁敌人的坦克，七连牺牲了一名优秀的战士。

为了给牺牲的战友王洪芳报仇，卢福祥抓起身旁的一挺机枪，把愤怒的子弹射向了敌人。

忽然，在敌人的后方响起了激烈的枪声。

原来，他们团的主力来支援了，只见举着枪的团参谋长杨清和营长叶书高，带领登陆部队正扑向敌人。

卢福祥笑了，但眼中却含着泪水，他连忙站起来，对全连战士大声喊道："同志们，冲啊！"

没多久，机场附近的敌人就全部被歼灭了。

七连终于与团部会合了。

卢福祥紧紧握住团参谋长的手，激动地说道："你们来得正好，敌人一个都没有跑掉。"

就这样，高崎附近的机场被二五四团成功地攻占了。

解放厦门全岛

登陆大突破

10月16日凌晨，八十五师二五五团主力在全力攻占神山的同时，该团二营营长陆超遵照团领导的部署，率领五、六连的9个班，从殿前向禾山机场快速地行进，准备占领该机场。

五连的3个班和六连的1个班向南警戒，营长陆超与六连连长黄少岩率领其他5个班越过高崎，通过厦门的公路，直奔机场侧后。

五班长蒋永华率领一个小组朝机场的侧后攻了上去，经过一阵激烈的交战，敌人无力抵抗，纷纷举手投降。

从俘虏的口里获悉，敌军的二二一团指挥所就设在机场东头，该团团长已经逃跑了。

于是，陆超营长立刻命令各班在开阔的机场上分散向前挺进，四、五班分头绕到敌指挥所侧后。

在我人民解放军的重重包围下，敌二二一团乖乖地投降了。

半个小时之后，敌人有一个连的兵力在解放军其他部队的追击下，朝机场的方向逃窜而来。

面对这种情况，陆超营长命令一个班看管俘虏，两个班分两路迂回围剿逃敌。

那股逃敌见机场被解放军占领，想再次往其他地方逃窜，可是所有的退路已经被解放军堵死了。

二排的陈和庚把枪口对准敌人大声喊道："放下武器，争取宽大处理！如果继续抵抗，只有死路一条。"

在解放军的包围下，敌人慌了，纷纷叫喊道："你们别打啊，我们要投降！"

这股敌人就这样成了俘虏。

此时，四连从另一角度向机场猛插，准备攻占机场。

该连一个班迅速剿灭了敌人的两个排。

该班战士看到六连的一个排遭到山顶上敌人的疯狂扫射，两个机枪手便连续打了600多发子弹，支援六连一排迅速攻上山顶。

之后，二营战士经过激烈的交战，终于攻占了禾山机场。

10月16日凌晨2时，二五五团三营在副营长蒋志华的率领下，守卫在高崎通往市区的公路南侧，一方面切断高崎逃敌的退路，另一方面防范敌人的援军。

没过多少时间，三营九连连长汪正中发现敌人一辆运送炮弹的汽车朝这边缓缓驶来。

汪正中马上组织战士阻击，敌人的汽车很快被打瘫了，并俘获了车上的敌人。

刚刚缴获敌人的汽车，三营又发现敌人的两辆坦克向这边开来。

在八、九连的痛击下，敌人的坦克被摧毁了，并俘虏了两个驾驶员。

高崎被二五四团占领之后，二五五团三营快速向南挺进，和二五四团一起先后攻占了铺子。

九十二师在石湖等地强行登陆之后，九十二师各部队迅速向纵深地带挺进。

二七四团一营营部和一、三连由寨上方向深入到后埔、马垅一线高地和二连会合了。

二七四团二营教导员阎登山带领六连战士也赶到了这里。

到16日清晨的时候，解放军全部占领了塘边以北、马垅以东、小东山西北一线的高地。

二七四团三营和二营一部由殿前和湖里方向向纵深推进，占领了小东山以北、以东，安兜山一线的高地，和从高崎登陆的二五四团会合了。

当时所面临的情况是：解放军登陆后已向纵深地带挺进了两到四公里，在四公里的正面与守敌对峙着。

从地形上看，当面之敌仍占着薛岭山、园山、松柏山、仙洞山一线，对解放军是居高临下，有利于敌人实施大规模的反扑。

在这个时候，疯狂的敌人以园山、薛岭山为依托，组织了步兵、装甲车由江头向解放军占领的小东山高地、安兜山等地实施猛烈反击。

顽固的敌人从16日上午10时一直打到下午3时，气焰十分嚣张。

解放军的各个登陆部队，和敌人进行着激烈的争夺战。

战士们誓死保卫每一寸胜利的土地，打退了敌人多次疯狂的反扑，使敌人伤亡无数，还缴获了大量的武器。

在同一时间，据守园山、松柏山、仙洞山的敌人守军，不断地用炮火、机枪等强大火力压制解放军在马垅、塘边的高地，企图阻止解放军向纵深地带挺进。

二七四团一、二营的指挥部认为，只有迅速夺取园山、松柏山、仙洞山，歼灭守敌，才能有力地支援左翼兄弟部队的战斗，才能继续向厦门岛的纵深地带挺进。不然的话，若是敌人的援军到来，实施全线大规模反攻，解放军的登陆部队就会很被动。

于是，该团马上调整了作战部署。

与此同时，二七四团三营与二七五团九连也会师了，夺取了小东山高地，与从高崎登陆的二十九军八十五师一部会合，逼近了园山。

看到解放军来了，敌人守军慌了，又是打炮，又是打机枪，妄图用火力阻止解放军前进。

园山守敌终于顶不住了，来了个以攻为守。

敌人的一个团在炮火、装甲车的掩护下，依托地形，向小东山、安兜山高地进行反扑。

敌我双方进行着激烈的交战。

敌人的三辆装甲车开足马力，突入了小东山阵地。

二七五团九连配合二七四团在右侧用火力支援。

在激烈的交战中，冲在最前面的一辆装甲车被九连

解放厦门全岛

的火箭筒击毁，其他两辆坦克便立即逃跑了。

此后，敌人守军又组织了两次大反扑，结果都被二七四团三营击退。

战至下午3时，敌人终于放弃"以攻为守"的策略，停止了反击，开始守在园山上。

松柏山的国民党守敌，死死守在工事里面。二七四团一营营长王宝田决定要引蛇出洞。

二七四团一、二营在迫击炮、重机枪的掩护下，发起了猛烈的攻击。

二七四团很快就夺取了松柏山和公路两侧的高地，卡住了守敌向解放军反击的要冲。

不久，二七五团一营也打下湖里西南高地，进而占领了仙洞山。

松柏山、仙洞山相继被解放军占领，守敌十分惊慌。

面对这种情况，汤恩伯才"醒悟"过来，把已经南调的机动部队慌忙北调，命令他们：夺回松柏山、仙洞山，不然天王山一丢，就都完啦！

之后，敌人五十五军二十九师组织了成营成团的兵力，连续五次向松柏山发动大反扑。守卫松柏山的王宝田的一营总共只有300人，却牢牢地守卫着阵地。

敌人密密麻麻地冲上来，一营战士先不开枪，等敌人冲到阵地前30多米之际，搬起石头砸了下去，间或扔出一两枚手榴弹，再打上几枪，这样一砸一打，竟把敌人"砸"了下去。

在砸石头的同时，重机枪手张锡臣发现在乌石埔村边有个敌军官在指挥作战，便瞄准把他放倒。战后获知，他就是敌二二二团团长。

敌军占领的三山已经丢失了两山，敌人的厦门防御体系也快崩溃了。

厦门警备司令毛森急了，派出警备司令部特务营，乘6辆大卡车，由乌石埔沿公路向松柏山进行疯狂的反扑。

解放军二七四团见有敌人汽车开来，立即埋伏在公路两侧高地。

敌人汽车一进入埋伏圈，解放军的机枪便"哒哒哒"地开火，敌人丢下汽车，主动"撤"了回去。

在16日的上午，二五五团二营也向南继续深入。

该团五连和兄弟部队一起占领安兜村后，又连续击溃了敌人四次小规模的反扑。

二五五团六连连长黄少岩带领两个班，在与指挥部失去联络的情况下，主动翻过山冈打到园山脚下。

在园山西侧、虎山东侧，敌人的交叉火力对解放军进行疯狂的射击，妄图消灭六连战士。

六连又冒着敌人的枪林弹雨，首先向居于凹处的薛岭之敌发起了猛烈攻击。

这个时候，二五五团二营全部赶来了，大家并肩作战，一起对抗敌人。

下午2时10分，二营顺利攻克了薛岭。

在 10 月 16 日这一天，解放军十兵团各登陆部队，在安兜山、马拢、仙洞山、松柏山、园山等地域进行了争夺战，为解放厦门进一步扫清了障碍。

虽然在这个时候，十兵团指挥机关和后续部队还没有大面积地登陆，但是已经登陆的先头部队奋勇前进，让敌人闻风丧胆。

战士们步步推进，占据并巩固着每一寸阵地。

各作战部队击溃了敌人一次又一次大规模的反击，还歼灭、俘虏了大量敌人，赢得了整个战役的主动权，为后续部队的登陆和夺取最后的胜利创造了条件。

进入厦门市区

天亮后，从通报中得知，兵团主力在昨夜攻击鼓浪屿，稍后又发起对厦门的登陆战，经过一夜激战已经获得成功。但由于敌人反扑，组织巩固和扩大登陆场的战斗还在继续。

16 日上午，敌军飞机和军舰一起出动，向嵩屿及九龙江下游地区大肆轰击，企图阻止解放军的进攻，特别是其军舰有进入厦门港支援厦门作战的企图。

师部当即命令炮兵对准敌舰进行射击，迫使敌舰不敢靠近厦门和鼓浪屿。

解放军八十五师参谋长吴森亚站在斗门至安兜公路边的坟堆上，看到前面丘陵地上有一群黑压压的人影在晃动，前面是逃跑的敌人，后面是拼命追击逃敌的解放军二五五团某分队。

再往左看，也是一片黑压压的人群，自北往南移动着，那是二五四团在追击敌人。

两个团在安兜会合了。

吴森亚获悉，二五四团两个突击营登陆不久就遇到敌人炮火的阻击，很多战士受伤牺牲了。而二营、三营快速冲向高崎与湖莲间的滩头，避开了水雷，炸开了三道铁丝网，占领了突破口。

二五四团二营、三营击退了敌人的两次反击，并向飞机场东部进攻，击毁了敌人的坦克。

二五四团二梯队一营向高崎东侧突破。

在他们从侧后向高崎攻击的时候，恰好与逃跑的敌人遭遇，双方交战片刻，便缴获了逃敌的枪械。

后来，又有人报告吴森亚，左翼二五六团也开始登陆了，但在钟宅墩和上、下马一带被敌人围住了。

吴森亚从获得的情报分析，认为必须立即扩大登陆场。于是命令：二五四团派一部和二五五团三个营前去支援二五六团，以便控制安兜东部。

二五五团主力打到江头及其以东后埔、蔡塘一线时，敌人却利用中部一带的高地，背靠大山，凭借坚固的工事进行垂死挣扎，解放军一时难以攻克该地。

吴森亚思虑着，他觉得应该巩固已得的阵地，扩大登陆场，随时做好准备抗击敌人的反扑，待命协同三十一军进攻云顶岩。

吴森亚一面命令部队立即停止前进，一面召集两个团的领导到安兜指挥所开会，商讨下一步的作战方案。

吴森亚在会上提出了自己的看法和主张：

　　　主要任务是迎击敌人的反击，做攻守两手准备；调整部署，二五五团就地构筑工事转入防御，如敌反击，必须坚决顶住。

　　　二五四团为预备队，一营在园山修筑工事

集结待命，二、三营集结于飞机场南端、安兜东北地区休整、吃饭，准备随时出击。

　　两个团有六千人，即使敌人大部队压上来，也可保证守得住，坚持到晚上，后续部队必能上来协力出击。如敌人的反击被打垮，我军可乘势立即跟踪追击。

对于吴森亚的建议和主张，大家都表示赞同。

会议结束后，吴森亚马上把刚才的会议决定和作战部署向兵团司令部作了汇报。

16日整个上午，解放军已经将登陆场扩大到岛北地区，开始向市区进攻。

到了下午2时，敌人的阵地没有什么动静。

这时吴森亚判断敌人已经有了逃跑的想法，决定主动出击。于是，又把两个团的领导招来商议。

吴森亚又重新作了如下部署：

　　一个团打正面，一个团打迂回，互相策应。

　　二五五团的任务是从正面向洪山柄、云顶岩、自来水厂、厦门大学之线攻击前进，并保障二五四团迂回安全。

　　二五四团的任务是从安兜经蔡塘向前村、石胄头、黄盾、溪头、曾后攻击前进，进行迂回，策应二五五团正面进攻，并断敌海上退路。

吴森亚的命令下达后，两个团便展开了积极的行动。

吴森亚又嘱咐说，发起战役的时间不能晚于下午3时。

这时，吴森亚又接到叶飞司令员的电话。

叶飞司令员在电话里急切地说："敌人已经打算离开厦门，他们为争夺船只而互相残杀，你们要马上行动。"

叶飞司令员停了停，继续说道："我指挥的部队都归你指挥了，你一定要把这场战役打好，不给敌人逃跑的机会。"

吴森亚回答："知道了。"

吴森亚又报告说："我已经制订了作战计划，各部队已经开始行动了，具体战斗部署请看密码电报。"

放下电话后，吴森亚感到自己肩负着重要的使命。

他现在已经是厦门战役的最高指挥官了，也就是说，如果这次登陆作战失利，他将无法向上级交代。

吴森亚站在指挥所里，抬头望着窗外的天空。

此时，远处的枪声还在断断续续地响着，整个部队处于分散追击的作战状态。他该怎样统一指挥部队继续作战呢？如果部队失去了统一指挥，即便在胜利的大好形势下，也是非常危险的。毕竟他是八十五师的参谋长。

他想，必须统一全体指战员的行动，当下最可行的办法就是分送书面命令。

于是，他很快就写下了如下内容的命令：

（一）厦门的敌人准备逃跑了。

（二）奉叶司令命令，岛上部队统一归我指挥。

（三）决定本日下午3时全线出击。

（四）八十五师二五四团经蔡塘向沿海岸前村、石胃头、黄盾、溪头、曾后攻击前进；二五五团向洪山柄、云顶岩、自来水厂、厦门大学攻击前进。

（五）你部沿厦禾公路向梧村、厦门市区攻击前进。

书面命令写好后，吴森亚让人把这份命令抄写了很多份，都签上了他的名字，派侦察员四处寻找各作战部队，吩咐他们不论碰到哪个团，哪个营，哪级干部，都要给他们发一份。

侦察员拿着吴森亚的命令稿，兵分几路，四处寻找各追击部队，将吴森亚的命令快速传播开，使得各登陆部队有了统一的行动。

叶飞司令员为什么要把这个艰巨的任务交给吴森亚呢？

原来，在16日中午的时候，三十一军前进的速度很慢，所以叶飞司令员感到很忧虑。他本来已经命令朱云谦师长渡海统一指挥登岛部队，但朱云谦师长出发后却和指挥部失去了联系，所以叶飞很着急，而在厦门岛上

解放厦门全岛

能联系上的最高领导只有吴森亚一个人，于是，叶飞司令员就把这个重任交给了吴森亚。

16 日下午 4 时左右，二五五团全团先后抵达洪山柄，对下一步的行动作了统一部署：

一营于后埔南，二、三营于后埔沿梧桐、自来水厂向曾后方向攻击前进。

二五五团一营迅速抵达云顶岩脚下，接着二连一个排快速爬到了山顶，但已经不见敌人的踪影了，一营决定翻过岩顶，向海滨挺进。

在前进的路上，一营在公路上抓到了敌人的两个逃兵，从逃兵的嘴里了解到，敌军一八一师刚刚沿着公路西逃。一营长黄启昌马上召集各连连长、指导员开会，部署围剿逃敌的任务。

黄昏时候，解放军已经插入厦门本岛中央，守敌开始动摇，纷纷找船开始撤退。

鉴于敌人已经开始逃散，如果仍然执行从云顶岩向厦门港挺进的作战计划，那么就势必要翻山越岭，这样就会延误许多时间。所以，一营马上决定，沿公路快速追击敌人。

为了追击敌人，一营战士顾不上吃饭，一路急速行军，追击逃跑的敌人。

当战士们追到距厦门市区两公里的梧村时，听到从文灶方向传来了枪声，二连马上追过去，抓到了一批俘虏。

后来，一路上抓到的俘虏竟然越来越多。

一营战士攻入厦门市区的厦禾路，只见城里面一片混乱。大卡车、装甲车、坦克和榴弹炮都歪歪斜斜地停靠在街道上，到处都是人。

看见解放军的到来，敌人纷纷举手投降，乖乖地站在那里不敢动。

一营战士收缴敌人的武器后，没有处置俘虏，而是继续往市区深入。

解放厦门全岛

追歼厦门残敌

10 月 16 日傍晚，解放军十兵团指挥机关、后续部队陆续登上厦门岛，展开了大规模的登陆作战，进而全面占领厦门，并围剿逃散的敌人。

根据军部的战情通报，九十一师判断鼓浪屿守敌可能撤逃，遂于 17 日凌晨 3 时，命令二七三团二营乘船从鼓浪屿西北方向侦察进攻。

二营在营长辛公岩指挥下，在鼓浪屿玻璃厂方向成功登陆并迅速扩展，攻占了燕尾山，俘虏敌人一部。营长从俘虏口中得知敌人将要从轮渡码头乘船逃跑，便立即命令四、五连直插轮渡码头，断敌后路。

四连攻占了敌师部，活捉了正在指挥上船的二十九师副师长，将他带到营指挥所，命令他的部队放下武器投降。

二七四团一营营长王宝田也立即率领一、三连和机枪连直插梧村南山，击溃敌人的阻击之后，一营又继续追至东坪山村，全歼敌七十四师二二二团残部，俘敌团副以下 1000 多人。

深夜，解放军九十二师二七四团侦察员发现，在乌石埔和兴山上的国民党军队开始撤离了。

为了不让这股敌人逃掉，王宝田马上带领部队追到江头。

那个时候天已经亮了，王宝田营长看到江头街上一片狼藉，放着敌人没来得及吃的饭菜，也有兄弟部队向东、向南追击的路标。

之后，一营一连又在其他部队配合下，消灭了准备由云顶岩向西南逃跑的敌人。

三连下山向黄厝方向搜索前进。

二连战士追到厦门市东侧，由文灶沿五老山、厦门大学以东，向胡里山炮台方向挺进。

二连在厦门大学以东击溃敌人的阻击之后，发现敌人乱哄哄地挤在胡里山炮台沿海一线，抢着上船逃跑。面对这种情况，勇敢的二连战士马上就把这股敌人包围起来，并以强大的火力压制这股敌人，通过劝导，有3000多名敌人举手投降。

二七四团三营主力深入市区，展开了激烈的巷战，在厦门市区东南部又俘敌3000多人。

之后，二七四团三营继续向东追击。

三营的另一支部队在莲坂击溃敌人阻击，歼敌一部，接着，他们沿着金鸡山、东坪山朝曾厝垵方向快速地追击敌人。

二营六连由莲坂沿东坪山、上李东高地向曾厝垵方向追击。

二营营部率领四、五连由江头沿埔园、洪山柄插到石胃头，歼敌一部，然后继续沿公路向溪头、白石炮台

解放厦门全岛

105

方向迂回前进。

二七四团二营进至石胃头北侧时，与敌六辆汽车遭遇。

五连在公路两侧伏击，将敌全歼，俘敌七十四师运输连连长。经审问，得知敌七十四师师部已搬到了塔头村。

五连七班班长孙继伯立即带领全班战士上了一部汽车，押着敌运输连连长直扑塔头村。路上，他们放过零散的逃命之敌，直奔塔头村。

到达村边时，孙继伯发现敌军来来往往，极为混乱，便乘乱插进村里。

突然，被俘的敌连长指着一栋房子对孙继伯说："就是这里。"

孙继伯马上向全班战士作了战斗部署，然后他带上一个战士，端着冲锋枪对着门口喊道："叫你们师长赶快出来！"

不一会儿，四个穿着军官服的人从屋里走了出来。

孙继伯大声问道："谁是师长？"

一个戴着墨镜的人说："我就是七十四师师长。"并反问道："你是什么人？"

孙继伯脑子一转，心想说大了怕他不相信，说小了又怕他不听指挥，于是为自己"提了一级"。孙继伯对敌人大声喊道："我是解放军的排长！"说完，孙继伯又补充一句："就是普通士兵也可以命令你缴枪！我们大部队都在外面等着，赶快打电话命令你的部队放下武器集合，我们优待俘虏！"

这位师长喘了一口粗气，耷拉着脑袋回屋里去了。似乎对这位"排长"没什么兴趣！

一个自称是副师长的人倒很"配合"，连忙下了缴枪的命令。

正在这个时候，二营其他连也赶到了塔头村，包围了该敌师部。

就这样，敌中将师长李益智及手下官兵3000多人全部成了俘虏。

二七四团二营这次抓的俘虏与以前完全不一样，除了没来得及装车的贵重物资，其他的被扔得到处都是。敌兵本来带着多年搜刮来的金银，为了逃命，也嫌它们碍手碍脚，都不要了。

"金元宝"撒得满地都是，屋子里，院子里，到处是白花花的银元。

战士们边抓俘虏，边弯腰捡银元，结果，捡了长长的好几串。战士们衣袋、裤袋都被银元压得沉沉的，最后上缴时，一数竟有几万块之多。

战后，这些无私的战士在全军还被评为"拾金不昧"的英雄。

因为活捉了敌人中将师长，孙继伯知道，战后一定会给他评功。

孙继伯找到团长，迟疑了老半天不知道怎么汇报才

解放厦门全岛

合适，最后红着脸说："团长，我不想评功，我想提一级当排长。"

"怎么，我们的大英雄发官瘾啦？"团长笑着问。

"我抓俘虏，为了吓唬他们就自动提了一级。我想下次如果再遇见这些俘虏，他们知道我是个班长，肯定会笑话我呀！"

孙继伯这个要求报到周军长那里，周志坚大笔一挥：

准，提两级！

陈政委说："老周，是不是多提了？还是提一级合适些吧！"

"哎呀，亏你还是政委。你想想，他在李益智面前说是排长，如果下次真的遇上了，他还是排长，这不说明我们解放军有功不奖，奖罚不分明嘛！"

解放军在围剿厦门守敌的时候，各路大军快速迂回包围，分割敌人，切断敌人的退路，见到一股，就打掉一股，不放过任何一个敌人。

指挥部要求把敌人分割在塔头、白石炮台、胡里山炮台、厦门市区东南部、东坪山地区。

在这次追剿敌人的战斗中，仅二七四团就剿敌 1.5 万人，还收缴了敌人的大量武器、弹药和各种军用物资。

在发动厦门战役的过程中，九十一师二七三团二、三营，从厦门岛南面登陆策应。

17 日清晨，该团二营的两个连顺利登陆，快速挺进市区，俘获敌人 400 多人。

一营一连指导员丁奖兴和六名战士走在最前面。忽然，丁奖兴停了下来，对后面的战士们大声喊道："大家快来啊，这里有好大的一堆！"

原来，丁奖兴发现在前面的一座庙里，躲着敌军二八一师的八四二团。这群敌人躲在这座庙里，是打算登船逃跑的。

这伙敌军看到解放军突然出现在他们面前，一个个都吓傻了，根本不想再反抗了。就这样，战士们把敌人团团包围了。

经过解放军的劝说和政治攻势，敌人知道逃跑无望了，只见一个敌军官举起一块白布，向解放军一营一连请求投降。

一连长高龙宝马上把那个敌军官带到营部，敌军官说道："请贵军不要开枪射击，我是该部队的副团长，我们保证投降。"

黄营长命令部队一面继续向市区深入，一面接受敌军官的投降。很快，庙里的敌人就缴枪投降了，这次俘敌达到 2000 多人。

鼓浪屿的国民党守敌在无力抵抗的情况下，纷纷逃窜，打算乘船逃往厦门，但敌人已经成了瓮中之鳖，是逃不出解放军手掌的。

二营勇猛追击逃敌，对溃散敌人发起猛烈攻击，并俘虏了 1400 多名敌人，这样，鼓浪屿被解放军完全占领。

九十三师二七八团一支部队在这里战斗的同时，又渡海进攻语屿岛，守敌逃窜，该岛也被解放军占领。

到此，解放军的登陆部队已经深入了厦门的各个地方，胜利的号角马上就要吹响了。

到 17 日拂晓，我军主力开始分兵向厦门市区和东南部合围。

10 时，厦门解放了。

汤恩伯逃离厦门

北半岛失守，厦门岛蜂腰部制高点反扑未能奏效，16日黄昏，汤恩伯和毛森匆匆逃到厦门港海滩。

汤恩伯深知大势已去，准备带领一部分人逃往台湾。情急之下，他用报话机直接呼叫军舰放下小艇接应。就像廖耀湘当年在辽沈战役中兵团被围之际，慌乱中也顾不得那么多了，只得用明语呼叫各部撤退。

但此时适逢退潮，小艇无法靠岸。汤恩伯只得在厦门港滩头跺脚、叫骂，过了一个多小时才喊来小艇，汤恩伯才被小艇接走，慌忙逃离了厦门。

汤恩伯逃跑时，叶飞监听到了这一消息，但由于没能及时联系到部队，错过了抓捕良机。

解放军的追击部队这时只顾抓俘虏、缴枪，没有和指挥部进行联系，让汤恩伯有了逃跑的机会。

叶飞在指挥部里拿着报话机无奈地叹气，眼睁睁地让对手就这样逃走了。

刘汝明也匆忙上船，并令其第八兵团迅速逃离。因为解放军进展迅速，第八兵团只有4000余人上船逃亡。

刘汝明逃到台湾后，因为作战不利，其八兵团军官全部被撤职，士兵全部编入其他部队，番号取消。至此，西北军彻底消失。

解放厦门全岛

罪恶滔天的汤恩伯虽然逃过了被活捉的命运，但他逃到台湾后，由于他并非黄埔系统出身的将领，不能容身于当时掌控台湾的黄埔"土木工程系"，其所有职务都没有了，只剩下一个"总统府战略顾问"的虚衔。

从此，汤恩伯精神忧郁，情绪低落，原有的严重胃病也复发了。医生诊断为胃溃疡和十二指肠癌，建议他去美国治疗，但汤恩伯无法负担去美国治疗所需的巨额费用，只好去日本担任台湾驻日本的军事代表。

在日本，汤恩伯做了三次手术。在 1954 年 6 月 24 日的最后一次手术中，因医疗事故汤恩伯死在了手术台上，终年 54 岁。

蒋介石得知汤恩伯死了，态度冷漠，反应冷淡，只说了一句："死了也好。"

厦门岛和鼓浪屿解放

1949 年 10 月 17 日上午 11 时，战斗结束，厦门岛和鼓浪屿全部解放。

厦门之战历经两天两夜，解放军共歼灭国民党第八兵团司令部，第五十五军和第五军第一六六师，共计 2.7 万余人，其中俘获了 2.5 万余人，使蒋介石原先在东南沿海确定的五大战略据点，即舟山、金门、厦门、台湾和海南岛，从此失去了其中的重要一点。

但是，解放军在厦门的胜利，是以首次攻击鼓浪屿浴血苦战的失利为基础的。

鼓浪屿登陆战从 15 日开始到 17 日结束，共歼敌 1428 人，但我军也付出了沉重的代价。

我九十一师二七一团牺牲团长王兴芳以下 367 人，伤 426 人，失踪 411 人。二七七团第一梯队出发的也是两个营，损失不在九十一师二七一团之下，解放军总损失在 2000 人左右。

"济南第二团"的损失令人特别痛心，仅阵亡的营职以上干部就包括：团长王兴芳、一营教导员于连沂、宣传股长彭润津、供给处副主任林华亭、九十一师后勤部军需股股长王炳林等。登岛的二七一团一、二、三、五、七连及一机连，二七七团二、四、八连，配属的师炮兵营二连的连长等几乎全部阵亡！

九十一师师长高锐战后非常痛心，他后来在回忆录中写道：

> 鼓浪屿战斗，就整个解放厦门作战来说，达到了兵团要求吸引敌人注意力、调动敌人、保障主力登陆厦门的目的，但就九十一师的战斗来说，是一次失利的登陆战斗，是九十一师创建历史上第二次也是最后一次失利战斗（也是最大的一次失利战斗，第一次是刚成立时的小据点攻坚战斗，未成）！这次战斗的失利，不仅造成的损失令人痛心，而且在这个历史时期内不再有机会打一个翻身仗令人遗恨！这次战斗损失之特别使人痛心和遗恨，还在于许多经过战斗锻炼，为革命立过功而又一贯英勇战斗的精英们，竟在不能施展自己一点杀敌威风和本领的木船上含恨牺牲！在不顾一切拼死登上敌岸、冲上敌人铁丝网和阵地内，孤身奋战中捐躯而又被战斗失利的阴影所遮蔽，我不禁为他们失声痛哭！战后几十年，每当我回忆这次战斗时，内心总是充满悲痛和悔恨！

高锐将军后来到鼓浪屿战地巡礼时曾赋诗一首：

渔舟搏浪送征戍，驶出龙江斗逆风。

鼓浪岩前击龟甲，厦门湾里逐机虫。

骨埋玉岛木兰白，血染金沙枫树红。

三十年前故战地，独凭碧海悼英雄。

叶飞将军后来在回忆录中也写道：

我们的战士无愧于英雄称号，顽强战斗，
直至全部壮烈牺牲，终于牵制了敌人，威慑了
敌胆。战士们洒满鲜血的阵地，战后被命名为
"英雄壮烈山"。解放后每次我去鼓浪屿，总要
去凭吊一番，向烈士们表示敬意。

厦门的解放，宣告了 16 世纪以来西方殖民者和帝国
主义列强任意蹂躏厦门的岁月一去不复返了。

驰名中外的"海上花园"从此回到了人民的怀抱。

解放厦门全岛

解放军接管厦门

解放后的厦门接管工作比较繁重，准备工作主要是筹建领导班子。

刚刚解放的厦门，也和成立不久的新中国一样百废待兴，各方面都很不健全，只能一切从简。接管组的第一项任务是"清理国民党的残兵败将"。当时，原国民党厦门地方法院院长逃往台湾，其他国民党法院的"遗老遗少"们很多都在法律界颇有名望，根据这一情况，接管组决定组织他们学习。经过审查，最后经厦门市市长批准，国民党法院中的 20 多位留任，个别反动分子则被开除。

厦门旅外华侨有两万余人，分布在菲律宾、越南、泰国、缅甸、马来亚、荷兰、印度等地。闽南华侨每年经厦门出入的大约 10 万人。

著名的爱国华侨领袖陈嘉庚在北京参加全国政协第一次全体会议时，便向中央领导提出建议，说厦门快要解放了，那里是很多海外华侨的故乡，又是鸦片战争后"五口通商"的一个口岸，在海外影响很大，必须派一个闽南人到厦门当市长。

对于陈嘉庚的意见，中央领导很重视，感到厦门这地方确实很重要，将来既是对外通商的口岸，又要担负支援解放台湾的任务，市长人选必须慎重。

中央征求福建省委的意见，叶飞知道时任第二十九军参谋长的梁灵光是闽南人，会讲闽南话，而且抗战期间在苏中地区有过多年从事政权工作的经验，所以向省委作了推荐，于是，中央任命梁灵光做厦门的首任市长。

梁灵光 1916 年 11 月出生，福建永春人。1935 年参加"一二·九"学生运动，积极投身抗日救亡工作。1936 年 2 月参加党的秘密组织，即上海抗日青年团。同年 6 月，赴马来西亚吉隆坡尊孔中学任教，组建了"雪兰俄邦反帝大同盟"、"华侨抗日救国会"、"左翼作家联盟"三个进步团体并担任主席。"七七"事变后，他毅然回国，在苏北参加抗战。

那时中央拟定叶飞兼任厦门军管会主任，第二十九军政委黄火星兼副主任。

在下达漳厦战役的作战命令后，叶飞就把第二十九军参谋长梁灵光找到福州谈话，对他说："中央和省委决定，把你从二十九军调出，去厦门当市长。中央把林一心从黑龙江调来福建，准备担任厦门市委书记。你们两人回到泉州，抓紧组建市党政领导班子，筹备接管厦门的工作。"

梁灵光欣然接受了，并迅速开始组建接收班子，做好一切接收准备工作。

接管厦门市的干部人员当时只有 200 多人，10 月中旬扩大到 400 多人，可以说是来自五湖四海。

解放厦门全岛

这些人主要由三部分组成：一部分来自苏南支援的干部，副市长张维兹等人都是这一批，其中有些是方毅、梁国斌介绍来的；一部分是从军队转业来的，除市长梁灵光外，还有第十兵团民运部长杨士敬等；一部分是闽南地下党的干部。

厦门刚一解放，梁灵光便领导他的接收班子，迅速投入到工作中。

他们接收的单位有：

原国民党单位总共 120 个，其中国民党中央直属机构 22 个，市属机构 46 个，各种文化机构 21 个，军警机构 12 个。

梁灵光计划安排非常周密，接管人员也认真负责，确保了厦门生产和生活秩序的正常进行。到 10 月底，各项接收工作基本胜利结束。

厦门从此真正显示出"国际花园城市"的魅力来。

参考资料

《叶飞回忆录》叶飞著 解放军出版社

《开国十少将》宋国涛著 中共党史出版社

《国史全鉴》本书编委会编著 团结出版社

《三野十大主力传奇》张敬山著 黄河出版社

《中国革命战争纪实》全立昕著 人民出版社

《解放战争大全景》豫颍主编 军事谊文出版社

《解放军英雄传》本书编委会著 解放军出版社

《第三野战军简史》王辅一著 中共党史出版社

《福建解放纪实》戴尔济主编 福建人民出版社

《海滨激战》本书编委会编著 河南人民出版社

《厦门解放》本书编委会编著 厦门大学出版社

《五十年国事纪要》余雁著 湖南人民出版社

《高歌向海洋》本书编委会编著 福建人民出版社

《我所知道的汤恩伯》文思编著 中国文史出版社

《十大王牌军》本书编委会编著 广西人民出版社

《福建前线》本书编委会编著 上海人民美术出版社

《战斗在福建前线》本书编委会编著 中国青年出
版社

《震撼人心的历史瞬间》樊易宇 邓生斌著 长征出
版社

《解放军福建籍将军》本书编委会编著 福建人民出版社

《新中国军旅大事纪实》张麟 程秀龙著 湖南人民出版社

《中国雄师——第三野战军》本书编委会编著 中共党史出版社